로크
우
재미

ᆯ

이것이 삶이다

이것이 법이다 102

2020년 12월 7일 초판 1쇄 인쇄
2020년 12월 10일 초판 1쇄 발행

지은이 자카예프
발행인 이종주

총괄 김정수
경영 지원 배진경 임혜솔 송지유

기획 이기헌 왕소현 박경무 강민구
책임 편집 최전경

발행처 (주)로크미디어
출판등록 2003년 3월 24일
주소 서울시 마포구 성암로 330 DMC첨단산업센터 3층 318호, 319호
Tel (02)3273-5135 **편집** 070-7863-8592 **Fax** (02)3273-5134
홈페이지 rokmedia.com **E-mail** rokmedia@empas.com

© 자카예프, 2015

값 8,000원

ISBN 979-11-354-5686-2 (102권)
ISBN 979-11-255-9575-5 04810 (세트)

이것이 법이다

102

자카예프 장편소설

로크미디어

CONTENTS

어느 나라 국적을 원하십니까

한국에 미국 국적의 크루즈가 들어온 날.

그 입구에 어마어마한 사람들이 몰렸다.

탑승객들과 그들을 배웅하고자 하는 사람들도 있었지만, 배에 관심을 가지고 몰려온 사람들이 그보다 몇 배 더 많았다.

"미국 국적이라……. 이거 참 한국 국민들이 관심이 많은가 보네요."

"헬조선이라는 말이 그냥 생긴 게 아니라서요."

미국 국적을 딸 수 있는 절호의 기회.

그것도 '합법적'으로 딸 수 있는 기회다.

"물론 정부에서는 원정 출산을 가지고 뭐라고 하겠지만요."

그러나 그걸 가지고 처벌할 수는 없다.

애초에 원정 출산이라고 보기도 애매하다.

법률적으로 보면 해당 선박이 미국의 선박이라서 미국 국적을 가지기는 하지만 미국 땅에서 태어난 게 아니니까.

"그러니 무조건 원정 출산이라고 몰아붙일 수는 없지요."

"하여간 이거 참, 이런 게 돈이 될 줄은 몰랐습니다. 추가로 선박을 알아봐야 하겠습니다."

로버트는 시험 삼아서 한 대만 운항시켜 보자는 의견이었다.

하지만 단 한 대만으로는 턱도 없는 상황이었다.

"한 열 대쯤 알아봐야 할 텐데요?"

"열 대요? 한국만으로 그 숫자가 커버될까요?"

"충분히 되고도 남지요."

출산이라는 것이 시기를 마음대로 조정할 수 있는 문제가 아니다.

산달이 되면 죽으나 사나 낳아야 한다.

"속지주의에 따라 국적은 태어난 곳에서 받습니다. 당연히 어떻게 해서든 출산 시기에 맞는 배를 타려고 할 겁니다."

"그거야 알고 있습니다만."

"문제는 출산이 시간이 정해지지 않은 일이라는 겁니다. 예정이라는 게 그런 거지요. 출산 예정일은 그날에 나온다는 게 아니라, 그때쯤일 거라 추측하는 거라서요."

출산 예정일이 지나서, 혹은 그 전에 나오는 경우도 상당히 많다.

이것이 법이다

사실 출산 예정일이 조금 어긋나는 건 문제가 안 된다. 대부분 출산 예정일 전후로 보름 안에 나오니까.

"문제는 조산입니다. 한국에서는 팔삭둥이나 칠삭둥이라고 표현을 하지요."

인간의 임신 기간은 대략 10개월이다. 그런데 가끔 그보다 훨씬 빠르게 나오는 아이들이 있다.

"비행기와 선박에서 출산이 임박한 산모들을 받지 않는 이유가 그겁니다."

작은 충격에도 출산이 시작될 수 있기 때문이다.

그들은 비행기나 배에서의 출산을 막으려고 했지 노형진처럼 그걸 이용해서 국적 장사를 할 생각은 못 했던 것.

"대부분의 배들은 그런 출산에 대응할 수 있는 시스템이 없습니다. 우리와는 다르지요. 아마도 조기 출산 걱정을 하는 사람들은 한 달 정도 미리 타려고 할 수도 있습니다. 당연히 선박의 탑승객은 무척이나 넘쳐 날 겁니다."

"아……."

"물론 배가 완전히 꽉 차지 않을 수도 있지요. 하지만 다른 나라 국민들이 있지 않습니까?"

"다른 나라 국민들?"

"미국 국적을 받고 싶어 하는 건 한국 국민들뿐만이 아니지요."

"네? 그러면 어디가 있단 말입니까?"

"중국과 일본이 있지요."

"중국과 일본? 아, 그러네요."

일본이 미국을 추앙하는 거야 널리 알려진 사실이다.

그리고 본토에서의 방사능 사태 이후에 일본인들이 어떻게 해서든 미국 국적을 받고 싶어 하는 건 대부분의 사람들이 알고 있는 일이고 말이다.

오죽하면 하와이 땅의 3분의 2는 일본 땅이라는 말이 있을 정도로 일본인 중에는 미국 국적을 가지고 싶어 하는 사람들이 많다. 돈이 있는 일본 사람들이 죄다 하와이로 몰려가는 건 일본에서도 유명한 이야기였다.

"그리고 중국이야 뭐, 아시죠?"

"중국은 민주주의국가가 아니니까요."

중국은 개인의 자산을 부정하는 사회주의국가다.

국가에서 어쩔 수 없이 자본주의를 받아들였다고 해도 모든 권력은 공산당이 쥐고 있는 것이 사실이다.

"그래서 중국 자본가들은 어떻게 해서든 미국으로 가고 싶어 하지요. 하다못해 자식만이라도 말이지요."

그럴 수밖에 없다.

중국에서는 아무리 돈을 벌어도 결국은 자본가이고, 중국 공산당원보다 하급이다.

고위 공산당원이 인민의 적이라고 한마디만 하면 그의 목숨은 파리 목숨이 된다.

"물론 중국에서는 상당히 불편해하겠지만요."

"아하, 최소한 한국을 기점으로 그걸 운영하면 손님이 떨어질 가능성은 없겠군요."

"미국이라는 나라에서 관련 법을 바꾸거나 국제조약에서 탈퇴하지 않는 이상 거의 그렇지요."

노형진의 말에 로버트는 혀를 내둘렀다.

그도 모르는 사이에 노형진은 미래를 위해 다 준비해 둔 것이다.

"사실 그것 말고도 다른 수익 모델은 또 있습니다."

"또요?"

"의료 관광이라고 하지요."

"의료 관광……. 그렇군요. 국제법상 미국 영토가 되기는 합니다만 그 안에서 벌어지는 상업적 치료에 관해서는 미국 회사가 터치할 일이 없으니까."

지금 인디언 자치구에서 진료를 지원하고 있지만 현실적으로 아무리 인디언 자치구에서 의료 시설을 늘린다 해도 미국의 모든 사람들을 감당할 수는 없다.

인디언 자치구 자체가 살기에는 척박한 곳이기 때문이다.

건물이야 어떻게 해서든 올릴 수 있겠지만 그에 필요한 물 같은 것은 감당하는 게 쉽지 않다. 기본적으로 인디언 자치구는 대부분 물이 부족한 곳이니까.

"하지만 선박은 좀 다르지요."

미국 영해를 돌아다니면서 진료를 할 수 있다.

정밀 수술을 해야 하는 경우는 어쩔 수 없지만, 질병과 상관없이 장기적으로 요양이 필요한 경우는 충분히 감당할 수 있다.

"미국에서 동부 쪽은 아무래도 병원이 많이 부족합니다. 서부 쪽은 그나마 좀 낫지만요."

미국의 역사는 동부에서 발전해서 서부로 퍼져 나갔다.

그래서 동부에 대도시들이 많이 몰려 있는 편이다.

문제는 동부는 인디언 자치구가 그러한 발전에 밀려서 무척이나 작다는 것이다.

그래서 미국 동부에 있는 인디언 병원은 매일같이 사람들이 넘치며 또 대기자도 넘쳐 난다.

"그들을 이쪽으로 보내자는 거군요."

"동부에는 항구가 많으니까요."

환자가 돈이 없으면 가차 없이 쫓아내는 것이 미국의 병원이다.

환자가 퇴원해서 다른 병원이나 병원 선박으로 가겠다는데 말릴 수는 없다.

"그러니까 선박을 구입하는 데 부담을 가지지 않으셔도 됩니다."

"장기적으로는 무척이나 큰 이득이 나오겠네요."

"그렇지요. 정말 장기적으로 보았을 때 기대할 수 있는 것이긴 하지만요."

노형진은 현재 벌어지고 있는 국민에 대한 무시를 제대로 바로잡고 싶은 것뿐이다.

"독점이라는 게 깨진 국가에 어떤 상황이 벌어지는 두고 보자고요, 후후후."

국적은 독점이다.

특별한 경우가 아니면 선택할 수도 없다.

하지만 지금 한국 정부는 그 문제로 인해 온갖 욕을 다 먹고 있었다.

경쟁에서 밀리는 한국 국적. 정부의 대책은?

자식에게 타국 국적을 주려고 하는 예비 부모들

한국 국적의 가치, 과연 얼마?

언론을 보던 대통령 홍안수는 기가 막혔다.

"이게 말이나 됩니까? 아니, 이제는 개나 소나 다 원정 출산을 하네요?"

"죄송합니다, 각하."

"아니, 이걸 가만히 두고 봤어요?"

"아니, 그게 국제법상 문제가 없는지라……."

장관들도 처음 있는 일에 당황해서 어쩔 줄 몰라 했다.

"그래도 법이 바뀌어서 군대를 피할 목적으로 이중국적을 유지하지는 못하니까……."

"어허!"

옆에서 듣고 있던 다른 장관이 쿡 하고 그의 옆구리를 찔렀다.

"아니, 왜……? 아…… 죄송합니다."

잔뜩 시뻘게진 홍안수의 얼굴을 본 그는 다급하게 사과를 했다.

그럴 수밖에 없는 게, 홍안수가 군대를 가지 않은 데다가 그의 아들들은 모조리 미국 국적을 가지고 있으니까.

"크흠, 일단 이 문제를 해결하는 가장 좋은 방법은 운항을 취소하게 하는 겁니다."

선박이 가고 싶다고 해서 아무 데나 다 갈 수 있는 게 아니다. 배들은 운항하기 위해 항로를 보고해야 한다.

해로의 혼잡을 통제하기 위한 것도 있지만, 비상 상황에 대비하기 위한 목적도 있다.

그러니 외국에서 들어오는 선박은 입항 허가를 내주지 않으면 항구에 들어오지 못하는 것을 이용하겠다는 심산이다.

"좋아. 일단은 입항 허가를 내주지 않는 걸로 하지."

홍안수는 그렇게 말하면서도 입안이 썼다.

"아니, 이게 무슨 창피야, 엉? 도대체 국적을 쇼핑한다는 게 말이나 되느냐고!"

"죄송합니다, 각하."

별다른 말을 하지 못하고 고개만 숙이는 사람들.

하지만 이미 벌어진 일이었다.

⚖️

"입항 허가가 안 날 줄 알았습니다."

노형진은 시큰둥하게 말했다.

그가 보기에도 정부에서 할 수 있는 최대한의 행동은 입항 허가를 내주지 않는 거니까.

"그러면 어쩌지요? 이제 항구에 들어갈 수가 없는데요."

"애초에 그러라고 한 건데요."

"네?"

"어차피 미국 선박 아닙니까? 미국 선박을 못 들어오게 하고 있으니, 우리는 미국에서 소송을 하면 됩니다."

미국이라고 하면 무조건 설설 기는 한국의 정치인들이니, 미국에서 재판하게 되면 아마 곤혹스러워서 제대로 대응도 못할 것이다.

"설사 제대로 대응한다고 해도 문제 될 건 없지요. 어차피 중요한 건 입항 허가가 아니니까."

"그게 무슨 말씀입니까?"

"배의 입항 허가가 내려지지 않았다고 해서 승객이 승선도 하지 못하리라는 법은 없거든요."

노형진은 피식 웃으며 말했다.

"입항 허가는 말 그대로 배가 항구에 들어갈 수 있는 권한입니다. 애초에 이렇게 나올 걸 예상하고 있었고요."

"우음…… 이해가 안 갑니다만?"

"입항 허가라는 건 쉽게 말해서 선박이 항구에 들어갈 권한을 주지 않는 겁니다."

"그런데요?"

"우리가 항구에 들어갈 이유가 있나요?"

"아……."

없다.

무슨 화물선도 아니고 관광선도 아니다.

중요한 건 산모들과 그들을 나를 수 있는 운송 수단이니, 그 운송 수단만 있으면 배가 어디에 정박해 있든 중요한 게 아니다.

"애초에 공해상에만 있으면 말이지요."

공해상에 있으면 배는 미국의 영토로 인식되며, 미국의 영토로 인식되면 한국에서 공격할 수는 없다.

"우리는 평계 김에 한국 근처 영해에서 대기하면서 손님을 받으면 됩니다."

노형진은 피식 웃으며 말했다.

"그러면 더 많은 손님을 받을 수 있지요."

필요한 것은 식량이나 식수 같은 것뿐이다.

그건 다른 선박을 이용해서 날라도 된다.

딱히 그건 밀수품도 아니다.

"그리고 자기 마누라가 배에 갇혀 있는 상황에 처하면 남편들이 가만있을 리가 없지요."

당연히 신나게 현 정부를 씹어 댈 것이다.

"그 와중에 약간의 쇼를 가미하면 됩니다, 후후후."

⚖️

노형진의 예상대로 입항이 거절되자 기자들은 게거품을 물고 달려들기 시작했다.

특히나 가족이 있는 유부남 기자들은 진짜 투견이 되어 버렸다.

> 산모들을 바다에 내다 버린 정부
>
> 대한민국 정부, 아이들을 바다에 수장하다
>
> 부모의 통곡으로 가득한 대한민국 바다

물론 이 모든 기사들은 말도 안 되는 헛소리였다.

입항이 거절된 거지, 거기에 탔다는 이유로 범죄자가 된 것은 아니다.

애초에 이중국적을 따기 위한 원정 출산에 대한 처벌 규정 자체가 없으니까.

"어찌 되었건 산모들이 바다 위에 방치된 것은 현실이니까요."

당연히 가족들 입장에서는 눈이 돌아갈 수밖에 없는 상황이다.

"그리고 이 사진이라면 아마 정부에서도 곤혹스러워서 어쩔 줄 몰라 할 겁니다."

"이 사진은 뭡니까?"

"사실은 어젯밤에 제가 가짜로 긴급 입항 허가를 신청했습니다."

"긴급 입항 허가요?"

"네."

긴급 입항 허가란 입항 조건이 완성되지 않았거나 그 허가가 발생하지 않았거나 순번이 밀렸다고 해도, 심각한 사고가 있다고 하면 해당 선박의 입항을 긴급하게 허가하는 국제법 조항이다.

"그래서 과거에 어떤 사람이 그걸 이용해서 입항 허가를 받아 낸 적도 있지요."

그는 어마어마한 규모의 거래 물품을 수출하기 위해 갔는데 해당 국가에서 입항을 막아 버렸다.

이것이 법이다

당연히 뇌물을 받기 위해서 한 행동이었으나, 그 금액이 워낙 터무니없이 많았기 때문에 도무지 치를 수 있는 수준이 아니었다.

"그렇다고 마냥 기다리자니 정해진 기한 내에 납품하지 못하면 어마어마한 손해배상을 해 줘야 하는 상황이었지요."

"그래서요?"

로버트는 흥미가 간다는 표정으로 되물었다.

"그는 그 상황에서 머리를 썼습니다. 배에다 불을 지른 거지요."

"네? 배에다 불을요?"

"불을 지르고 나중에 수리하는 게 차라리 더 싸게 먹혔거든요."

당연하게도 화재 발생이라는 긴급 상황이 성립되었고, 해당 선박은 다른 선박보다 빠르게 긴급 입항을 할 수 있었다.

당연히 뇌물도 안 줬고 계약 기간도 지킬 수 있었다.

"그래서 어젯밤에 긴급 입항 무전을 보냈습니다. 아이와 산모가 위독하다고요."

"네?"

그 말에 로버트는 깜짝 놀라 노형진을 쳐다보았다.

만일 배에서 아이와 산모가 죽기라도 하면 심각한 문제가 된다.

"물론 진짜로 죽지는 않았습니다. 그냥 그렇게 보냈을 뿐."

"그러면……?"

"대신에 이런 걸 조작해 놨지요."

"이건?"

노형진이 사진을 내밀자 로버트는 황당한 얼굴이 되었다.

"사진 아닙니까? 그런데 이거 몰래 찍은 것 같은데……."

"몰래 찍은 것처럼 보이는 겁니다."

"그게 왜요?"

"정부를 압박하려고요."

노형진의 예상대로 어젯밤에 긴급 입항을 시도했지만 정부는 막았다.

명백한 국제법 위반이다.

"그리고 그로 인해 산모와 아이가 죽었다, 그렇다면 과연 누구를 욕할까요?"

"아하!"

당연히 모든 비난은 정부에게로 향할 수밖에 없다.

사람들은 아이와 산모가 연관된 일에는 보통 무척이나 약한 모습을 보이기 마련이니까.

물론 이쪽을 욕하는 사람들도 있을 것이다.

"하지만 공식적으로 우리는 죽은 사람이 없지요."

더군다나 이 사진은 누가 봐도 애매하게 찍힌 것이다.

"인터넷에서 푸는 썰로는 쓸 만하지만, 팩트를 따지기 시작하면 신빙성은 많이 떨어질 겁니다."

이것이 법이다

그러니 노형진 측은 손해 볼 것이 없다.

하지만 정부는 죽을 맛일 것이다.

아이와 산모에 대한 보호는 어떻게 보면 문명사회에서 지켜야 할 가장 기본적인 것이기 때문이다.

"그걸 방치한 순간 국가는 국가로서의 존재 가치를 잃어버리게 되거든요."

산모와 아이. 그들은 미래를 의미한다.

부모가 아무리 천하의 악당이라고 해도, 그 아이의 인생까지 망치려고 하는 사람은 없다.

심지어 과거에 암흑기라 불리던 중세 유럽에서도 사형수가 임신한 여성이면 죽이지 않고 아이를 낳은 후에 형을 집행했다.

아이를 죽인 것은 히틀러나 구 일본 제국 같은 진짜 막장 미친놈뿐이었다.

하물며 그 아이가 태어난 지 하루도 되지 않은 신생아라면?

그들을, 권력에 대한 욕심 때문에 죽도록 정부에서 방치했다면?

"욕먹지 않을 수가 없지요."

"하지만 그 소문이 제대로 돌까요?"

"돌 수밖에 없을 겁니다."

노형진은 어깨를 으쓱하며 말했다.

"다음 차례가 자기 자식이 될지도 모르는 위험을 고스란히

받아들일 기자는 없을 테니까요."

그렇잖아도 정부에 대해 불만 가득한 논조를 쏟아 내던 기자들은 그다음 날부터 아예 전쟁이라도 벌이는 듯한 기세로 날뛰었다.

물론 공식적으로는 사망자가 없다고 발표했지만, 이미 공포를 알아 버린 기자들은 정부의 입항 금지를 맹렬하게 비난했다.

> 권력욕에 죽어 버린 미래
> 타국의 선박에 타고 있다는 이유로 죽도록 내버려 둬
> 명백한 국제법 위반

그에 따라 정부에 대한 욕은 무섭게 퍼졌다.
그리고 때맞춰 노형진은 새로운 발표를 했다.

> 해당 선박 탑승권의 5분의 1을 홍보용으로 별도 배정합니다. 지원 가능 나이는 50세 이상. 해당 탑승권은 양도 가능합니다.

쉽게 말해서 탑승 인원 오백 명 중 백 명을 무상으로 태워

주겠다는 말이었다.

그 말은 쉰 개 팀은 공짜로 탈 수 있다는 소리였고.

"도대체 왜 이런 말도 안 되는 짓거리를 하는 거야?"

홍안수는 기가 막혔다.

무려 3천만 원짜리 티켓이다.

그걸 백 명에게 공짜로 준다는 것은 30억을 날리겠다는 소리다.

도무지 수지타산이 맞지 않는 계산이다.

"모르겠습니다. 그들의 행동을 도무지 예측할 수가…….."

"도대체 미다스가 왜 이런 행동을 하는 거야?"

"그것도 모르겠습니다."

"젠장! 너희들이 아는 게 뭐야!"

홍안수는 기가 막혔다.

설마 본인들이 국민들을 무시하는 꼴이 하도 더러워서 이렇게 하는 거라고는 상상도 못 했으니까.

간단한 이유지만, 이들로서는 절대로 이해하지 못할 이유.

"일단은 정말 사망자가 있는지 선박에 탑승해서 조사를 해야 하는 것 아닌가?"

"그게, 저희도 그러고 싶지만 그들은 지금 공해에 있습니다."

"그게 뭔 상관인데?"

"공해에 있으면 해당 선박은 우리 영토가 아니라 미국 영토입니다."

당연하게도 미국 영토에 들어가기 위해서는 본국의 허가가 필요하다.

　물론 배라는 특성상 그걸 일일이 허가받을 수는 없기에 선박의 선장이 그 권한을 가지고 승선을 허가한다.

　"우리 조사 팀의 승선이 허락되지 않았습니다."

　"뭐?"

　"승선이 허락되지 않은 상태에서 무리하게 강행하면 그건 나포가 되어서……."

　"그만!"

　홍안수는 말을 끊었다.

　미국 국적의 민간 선박을 나포한다?

　미국에서 청와대에 벙커 버스터를 쏴 버릴 것이다.

　"거기에 탑승한 사람들을 처벌할 방법은?"

　"그게…… 없습니다."

　"공해상이라며!"

　"공해상에 나가는 것에 대한 처벌 조항이 없어서……."

　"밀항이 있잖아!"

　"그게, 밀항은 외국으로 들어갔을 때 성립하는 범죄인지라……."

　한국 국민에게는 거주이전의자유가 있다.

　당연하게도 어딜 가든 자기 마음이다.

　다만 밀항, 그러니까 다른 나라로 몰래 가는 것은 불법행위가 맞다.

"근데 배는 그 밀항의 대상이 아닌지라……."

"뭐라고? 아까는 미국 땅이라며?"

"밀항에 해당되려면 타국의 영토로 들어가야 하는데 선박은 일종의 특수 구역으로 인정되어서……."

결론적으로 밀항도 아니라는 소리다.

"그러면 우리가 막을 방법이 없다는 거야?"

"그들이 공해상에 떠 있으면 미국 땅이기는 한데, 또 그게 입국을 기준으로 하는 국제법의 대상은 아닌지라……."

나포도 안 되고 입국도 안 되고 검사도 안 되고, 그렇다고 불법 처리도 안 된다.

바로 옆에 뜬금없이 국가 단위 경쟁자가 생겼는데 대응책이 없다.

"도대체 미국은 뭐 하는 거야? 저런 거 안 막아? 어? 안 막느냐고!"

유일한 해결책. 그건 선박이 속한 나라인 미국에서 선박에 제재를 가하는 것이다.

"그게, 미국에서는 도리어 방치하는 분위기입니다."

"어째서?"

"아무래도 가격이 가격이다 보니……."

"고작 돈 때문에 그쪽에서 이걸 방치한다고? 그럴 리가!"

홍안수는 바보가 아니다.

미국도 그렇게 바보가 아니다.

이런 식으로 편법으로 국적을 취득하는 행위를 그냥 두고 볼 리가 없다.

"그게, 저희 쪽에서 분석했을 때 아마도 인재의 문제가 아닐까 하는……."

"뭐? 인재?"

"그렇습니다. 그곳에서 아이를 낳는 사람들은 대부분 한국에서 성공한 이들입니다. 당연히 지능도 높고 사회적으로도 명망이 있고…… 그리고……."

홍안수는 소름이 돋았다.

"자…… 잠깐! 그 말은 부모가 스파이가 된다는 건가?"

"그럴 수도 있다고 보입니다."

미국 국적을 가진 아이가 있으니 그들은 미국을 우호적으로 대할 수밖에 없다.

만일 양쪽 중 한쪽을 고르라고 한다면 미국을 고를 것이다.

"그리고 그 아이들 역시 미국에서 자랄 테니……."

호랑이 같은 부모 밑에 개 같은 자식 없다고 했다.

물론 꼭 그런 건 아니지만, 능력 있는 사람의 자식들이라면 그들도 최소한 어느 정도는 능력이 있을 가능성이 높다.

"그러면 장기적으로는……."

"우리 인재가 모조리 빨려 나갈 겁니다. 그뿐만 아니라 미국 측의 스파이가 많아질 겁니다."

정치인들은 서로를 둘러봤다.

이유? 간단하다.

'라이벌이 많아진다.'

사실 한국의 정치 상황은 친미가 아니면 성장하기 힘들다.

문제는 친미주의자가 너무 많다는 것이다.

그들 중에서 일부만이 진짜 미국과 선이 생기며, 그들에게 미국이 투자하고 그럼으로써 그들이 성장하고 권력을 잡는다.

그래서 그들은 미국의 이권을 위해 노력한다.

그런데 라이벌이 생긴다는 것.

그건 자신들이 권력을 잃어버릴 수도 있다는 소리였다.

"크흠."

홍안수는 얼굴이 붉어졌다.

지금까지 벌어진 일은 쪽팔림이었지만 지금부터 벌어질 일은 권력투쟁이다.

권력 앞에는 쪽팔림 따위는 없었다.

"일단은 각 언론사에 협조를 요청해요."

말이 좋아서 협조이지 사실상 협박이다, 말을 듣지 않으면 보복을 하겠다는.

"그걸로 될까요?"

"그걸로 될 겁니다."

홍안수는 바보가 아니다.

그는 오로지 머리 하나로 여기까지 온 사람이다.

"기자들도 월급쟁이들이니까."

"아하!"

기자들은 자신들의 자식들이 미래의 권력자가 되기를 원한다. 하다못해 이중국적의 혜택이라도 보기를 원한다.

그래서 저쪽을 물고 빨아 주는 것이다.

하지만 결국 그들은 월급쟁이.

그리고 언론사의 사주들은 기득권층이다. 그들 입장에서는 일개 기자 따위가 이중국적을 가지는 것을 원하지 않는다.

"이중국적을 가지는 것은 매국 행위라고 몰아붙여요. 그래야 그 사람들이 꼼짝도 못 할 테니까. 말려 죽여야 합니다."

"알겠습니다."

장관들은 고개를 끄덕거렸다.

확실히 언론은 이미 홍안수 정권에 넘어가 있는 상황.

그의 말을 거부할 수는 없었다.

⚖

"역시나."

노형진은 씁쓸하게 웃었다.

지난주만 해도 우호적이던 언론이 돌변했다.

이중국적을 따는 건 매국 행위이며 대한민국에 대한 배신 행위라고 거품을 물기 시작한 것이다.

"물론 그렇다고 해서 타격이 있는 건 아닙니다만."

로버트는 별걱정이 없다는 듯 말했다.

"매국행위고 나발이고, 이권이 붙어 있는데 한국 사람들이 포기할 것 같습니까?"

애초에 그런 것 때문에 양심의 가책을 느낄 사람이라면 사회적으로 성공하기 힘들다.

한국 사회의 구조상 남을 밟고 올라가도록 되어 있는데 그렇게 마음 약한 사람들은 남을 밟지 못하기 때문이다.

"저들이 사회적으로 우리를 모욕한다고 해도 결국 바뀌는 건 없지요."

바뀌는 것이라고 해 봐야 결국 기득권층 내에서 쉬쉬하면서 자기들끼리 배에서 출산하는 정도일 것이다.

"결국 이권에는 문제가 없는 것 같은데요."

로버트는 머리를 긁적거렸다.

"하지만 여전히 이해가 안 갑니다, 이참에 정치인들과 권력자들을 혼내 주신다고 했는데, 이 상황이 그것과 무슨 상관인지."

물론 원정 출산이라는 것이 나름 그들에게 충격을 주기는 했지만, 정치인들이 국민을 무시하는 버릇을 고치겠다는 노형진의 말과는 확실히 동떨어져 있었다.

"애초에 이렇게 될 걸 알았으니까요. 지금까지는 사전 준비 작업일 뿐이었습니다."

"사전 준비 작업요?"

"네."

노형진은 고개를 끄덕거렸다.

농사로 비교하자면 지금은 그저 씨를 뿌린 상태일 뿐이다.

"지금부터는 키워야지요."

"도대체 어떤 식으로 하시려는 건지……."

로버트는 고개를 갸웃했다.

노형진은 그에게 신문을 내밀었다.

"이 신문을 보세요. 원정 출산을 거의 매국 행위 수준으로 밀어붙이고 있는 상황입니다. 아니, 대놓고 매국노라고 하고 있지요."

"그렇습니다만."

"이런 상황에서 지금 원정 출산자에게 불이익을 주는 법을 만들겠다고 하면 어떻게 될까요?"

"네?"

"정확하게는 원정 출산 및 군 미필자에 대한 검증법을 만드는 겁니다. 제 최종 목적이 그거지요."

"원정 출산 및 군 미필자에 대한 검증법."

로버트는 그게 무슨 소리인가 하다가 노형진이 내민 차트를 보고 혀를 내둘렀다.

그것만 보고도 지금 상황이 그들에게 얼마나 불리해졌는지 알 수가 있었다.

"국회의원의 경우 병역 이행 비율은 30% 미만입니다. 국회의원의 자식의 경우도 마찬가지지요. 이중국적의 문제 같은 경우도, 국회의원의 자식이나 손자를 보면 대략 30% 이상은 이중국적을 가지고 있습니다. 국회의원이 아니라 선출직이나 임명직 공무원까지 확대하면 그 비율이 어마어마하게 늘어나지요."

"허어."

현재 이중국적을 가지는 행위를 매국행위라고 몰아붙이고 있는 가장 큰 이유는, 그들이 대한민국이 아니라 타국에 충성한다는 논리였다.

사실 세금이야 한국에서 번 경우 한국에 내도록 되어 있으니까.

"이 논리를 정치인들에게 그대로 적용한다면 어떻게 될까요?"

본인이나 자식이 이중국적인 경우 정치인들의 충성의 대상이 그들이 될 수 있다는 똑같은 이야기가 나올 수밖에 없다.

"설마…… 애초에 이런 이야기가 나오도록 하는 게 목적이었습니까?"

"그렇습니다. 애초에 정부에서는 이중국적을 허용할 수가 없으니까요."

대한민국 정부에서 불리할 때마다 꺼내는 카드. 그건 다름 아닌 '애국'이다.

"매번 그랬지요. 특히나 외국과의 경쟁 문제가 터지면 무조건 하는 말이 애국입니다.”

가장 대표적인 예가 바로 공군 전투기 조종사들이다.

공군 전투기 조종사들은 최고급 인력이다.

그러나 그만큼의 대우를 받지는 못한다.

전투기 조종사 한 명을 키우는 데 들어가는 돈은 수억이다.

그런데 그들이 예편하면 민간 항공으로 가는 게 보통이다.

문제는 수억씩 들여서 키운 조종사가 공군에 계속 남도록 하기 위해 쓰는 방식이 애국심 강요라는 거다.

“군인은 집 지키는 개라고 하지요. 군인에게 충분한 대가를 주면 안 된다고, 정부는 생각합니다.”

그리고 진짜 필요한 순간이 오면 애국심 타령을 한다.

“지금 한국에서 많은 전투기 조종사들이 중국으로 갑니다. 왜 그럴까요?”

“돈이군요.”

“애국심은 돈으로 충분히 살 수 있습니다.”

중국의 경제는 급속도로 성장하고 있으며 그래서 여행객들도 많아지고 있다.

현재 중국은 한국 항공사 연봉의 두 배에서 세 배까지 연봉을 부르고 있다.

“한국에서 민간 비행사의 연봉이 1억 5천 정도 된다고 하더군요.”

그러면 중국으로 가면 최소 3억 이상이라는 거다.

"그리고 공군 조종사의 연봉은 5천만 원도 안 된다고 하더군요."

이는 무려 여섯 배 차이다.

"하지만 애국심은 어느 나라에서나 다 요구하는 것 아닙니까?"

"맞습니다. 다만 한국은 좀 다르지요."

애국심을 강요하기만 할 뿐, 그에 대한 보상은 하지 않으려고 한다.

"미국 같은 경우는 한마디로 표현할 수 있지요. 'Thank you for your service.'"

'당신의 복무에 감사드립니다.'라는 군인에 대한 인사말.

"한국은 그런 게 없나요?"

"집 지키는 개 소리는 듣지요."

노형진은 어깨를 으쓱하며 말했다.

사실 미국도 처음부터 그런 건 아니었다.

과거에 미 정부에서, 보상을 해 달라고 요구하는 참전 용사들을 기병대를 동원해서 살해한 사건이 있었다.

대공황 시기였기에 돈을 아끼기 위해서 그런 행동을 했던 것이다.

그걸 본 국민들은 큰 충격에 빠졌고, 결국 정권이 바뀌고 관련자들을 징계하는 큰 소동이 있었다.

그 당시 미국은 매카시즘, 한국으로 보면 정부에 반대하면 모조리 빨갱이라는 식으로 밀어붙였지만, 국가를 위해 일한 사람들을 국가에서 살해한다는 건 용납할 수 없는 일이었고 그 사건으로 미국의 근간이 무너질 뻔했다.

그 이후 미국에서 최소한 목숨을 걸고 군 생활을 한 사람들을 모욕하는 것은 용서받지 못할 행동이 되었다.

"어찌 되었건 불리할 때마다 정부는 애국심 이론을 꺼내 들었습니다. 실제로 그게 한국에서는 가장 잘 먹히기도 하고요."

지금 상황에도 가장 만만한 게 바로 애국심이다. 원정 출산을 욕하는 사람들의 가장 기본적인 감정이 바로 애국심이니까.

"사실 지금까지 원정 출산은 부자들만의 전유물이었습니다. 그래서 이슈화되지 않았지요."

딱히 이슈화시킬 이유도 없었고, 서민들도 자신들과 상관없는 세계의 이야기라고 생각했다.

"하지만 이번 일로 한국에서 처음으로 원정 출산이 이슈가 되었지요."

잠깐 단신으로 나오고 마는 정도가 아니라 언론과 정부에서 게거품을 물고 있다.

"하지만 그들은 모르죠. 국회의원들이 모두 자신들과 같은 사람은 아니라는 걸 말입니다, 후후후."

⚖

송정한은 노형진의 노림수에 혀를 내둘렀다.

"이거 보고 국회의원들 중 상당수는 거품을 물겠는데?"

"그럴 겁니다."

노형진이 송정한에게 이야기한 원정 출산 및 군 미필자에 대한 검증법은 두 가지의 법으로 구성되었다.

공직자 건강 보장법, 또 하나는 공직자 자녀의 국적 고지법이란 이름으로 송정한이 발의했다.

그리고 몇몇 송정한과 의견을 같이하는 사람들이 동의하면서 정식으로 표결에 들어갈 수 있게 되었다.

공직자 건강 보장법이란 간단하다.

공직, 특히 3급 이상의 공직에 진출하는 경우와, 도의원 이상의 선출직과 그 직계가족의 건강에 대해 기본적으로 국가에서 확인해야 한다는 거다.

얼핏 보면 정치인들의 혜택으로 보이지만 현실적으로는 혜택이 아니라 족쇄였다.

"딱 현 정부에서 주장하고 있는 부분을 공략한 거죠."

"거참, 국민들을 바보로 아는 건지."

국민들 중 대다수는 군대를 간다.

한국의 징병률은 90% 이상이다.

그런데 정작 정치인들이나 권력자들은 안 간다.

그 때문에 지금까지 문제가 많았다.

"지금 정치인들은 애국을 이야기하면서 군대 문제를 엮고 있지요."

노형진의 말에 송정한은 고개를 끄덕거렸다.

"병역은 국민들, 특히 남성들에게 심각하게 받아들여지는 거니까."

"맞습니다. 그러니 이 법이 나오면 저들은 당황할 수밖에 없을 겁니다."

반대를 하자니 자기들이 한 말이 있고, 찬성을 하자니 자신이나 자신의 자식들이 공직에 나아갈 길이 막힌다.

기본적으로 자신과 가족들의 건강을 챙겨 주는 것으로 보이지만, 현실은 군대를 빼지 못하도록 하기 위한 법이니까.

"만일 안 갔다고 하면 상대방 진영에서 가만둘 리가 없지."

자식이 군대에 가지 않았다는 이유만으로 대통령 선거에서 패배하고 정치인의 가족이 두 번씩 건강검진을 받아야 하는 나라가 바로 대한민국이다.

만일 정치인이 힘을 써서 자식을 군대에 보내지 않았다면 그건 선거에서 치명타가 될 수밖에 없다.

"하지만 이거 위법은 아닌가?"

"위법이라고 보기에는 애매하지요."

만일 그걸 이유로 공직에 진출하지 못하게 한다면 위법이다. 명백한 차별이니까.

"하지만 건강검진은 전혀 다른 문제거든요."

기본적으로 군 면제 사유는 불치병이다.

치료할 수 있다면 그걸 치료하고서라도 군대에 보내는 게 한국이니까.

"그런데 만일 재검을 했는데 그 병이 없다고 하면 어떻게 될까요?"

"곤혹스럽겠군."

당연하게도 과거에 돈을 주고 군 입대를 회피한 거라는 소리가 된다.

"이건 딱히 차별도 아니거든요."

실제로 많은 국가에서 정치인들의 건강을 체크한다.

그럴 수밖에 없는 게, 정치인들은 국가의 정책을 유지하고 나아가는 방향을 정하는 중요 인물들이다.

"국가에서 정치인을 챙겨 주는 걸로 보이니까요."

그걸 거부한다는 건 자기들이 켕기는 게 있다는 뜻이다.

"자녀들의 국적 고지법도 마찬가지입니다."

일반적으로 선거를 할 때 선거공보에는 범죄 사항이나 특별 사항을 적게 되어 있다.

심지어 자식들의 재산도 고시하게 되어 있다.

추후에 뇌물을 받을 수 있기 때문이다.

"거기에다가 자식의 국적을 고지한다는 게 딱히 불법은 아닙니다. 재산 내역까지 고지하게 되어 있는데요, 뭘."

"하지만 선거에서는 심각한 문제가 되겠지."

자식 재산이 200억이 되든 300억이 되든, 그건 사실 문제가 되지 않는다.

그건 그들의 재산이고, 돈이 있다고 해서 정치를 못 한다면 명백한 역차별이니까.

"하지만 지금 저들이 주장하는 게 그거지요? 이중국적자가 되면 국가의 기밀을 빼돌릴 수 있다."

"허허, 참, 어떻게 저런 개소리를 할 수가 있는지."

당연하게도 그 논리는 본인들에게도 적용이 된다.

"만일 정치인의 자식들이 죄다 미국 국적이면 어떻게 될까요?"

그것도 마찬가지로 상대 파에서 물어뜯기 좋은 자료가 된다.

"내로남불이라는 건가?"

내가 하면 로맨스지만 남이 하면 불륜.

"하지만 이제 그들에게, 자기가 해도 불륜이라는 걸 알려 줘야지요."

노형진은 씩 웃으며 말했다.

⚖

"이건 절대 승인할 수 없습니다."

국회의원들, 특히 다선 의원들은 눈을 까뒤집고 거품을 물고 있었다.

"이대로라면 우리 중 절반은 날아갑니다!"

"이거 미친 거 아닙니까?"

"이건 막아야 합니다."

"이거 송 의원이 미쳤구먼! 미쳤어!"

자유신민당이든 민주수호당이든 다를 바 없었다.

비율이 좀 다를 뿐, 민주수호당 역시 그런 의원들이 넘쳐 났으니까.

"하지만 지금 상황에서 우리가 안 된다고 할 수도 없습니다."

진땀을 흘리는 국회의원들.

"지금 우리가 한 애국 마케팅이 제대로 먹혔어요. 그런데 이게 이쪽으로 쏠려 버려서, 전 국민이 다 알고 있습니다."

이중국적은 범죄다, 이중국적은 군대를 피하기 위해 하는 행동이라고, 그들은 언론 플레이를 했다.

하지면 현실적으로 현재 대한민국에서 이중국적을 이유로 군 입대를 피할 수는 없다.

그러기 위해서는 20세 이전에 한쪽 국적을 포기해야 하는데, 이러면 한국에서 꿀을 빨던 정치인들이나 권력자들의 자식은 외국인이 된다.

그런데 한국에서나 권력자이고 정치인의 자식이지, 국적을 상실하고 해외에서 살게 되면 그들은 그냥 동네 사람 1, 2, 3일 뿐이다.

그리고 남자라면 한국 내에서 외국 국적을 주장하지 않겠다는 서약서를 쓰고 군 생활을 하면 이중국적이 인정되며, 여자라면 서약서만 써도 이중국적이 인정된다.

물론 선천적 이중국적에 한해서는 말이다.

"이거 반대로 넘겨 버립시다."

누군가 거품을 물면서 말했다.

그는 자식과 손자, 손녀까지 죄다 미국 국적을 가지고 있는 사람이었다.

그의 입장에서는 이게 외부에 터지면 다음 선거에서는 필패할 수밖에 없다.

상식적으로 생각해 보자.

나라를 위하는 국회의원의 자식들이 모조리 미국 사람이라고 하면 국민들이 그를 믿을까?

"하지만……."

자신들이 이미 애국심 마케팅을 거창하게 했다.

그러니 정말 거부한다면 상황이 어색하게 된다.

"일단 애국심 마케팅을 멈추고, 잠시 두고 봅시다. 이중국적을 따기 위해 외국에 나가는 게 딱히 불법도 아니고."

웃기지만, 이중국적은 인정되지 않으나 원정 출산은 딱히 불법이 아닌 상황.

물론 이게 계획적 원정 출산인지 아니면 우연에 의한 원정 출산인지 확실하게 알 수가 없다곤 하지만, 법 자체가 미묘하기는 했다.

"이런."

그런데 핸드폰을 보고 있던 정치인 한 명이 신음을 냈다.

"또 뭡니까?"

이것이 법이다

"이미 늦은 것 같습니다."

"뭐요?"

"인터넷에 이미 우리 이름이 떴습니다."

"그게 무슨 ……?"

인터넷에 돌고 있는 이름들.

어떤 국회의원이 병역을 마치지 않았는지, 어떤 국회의원의 자식들이 외국 국적을 가지고 있는지 정리되어 있었다.

"이런 미친…….."

얼굴이 사색이 된 사람들.

이런 상황에서 이 법을 반대하면 결국 자기 이권 때문에 반대한 꼴이 되어 버린다.

"이건…… 방법이 없군요."

다들 눈을 찡그릴 수밖에 없었다.

그들의 선택은 하나뿐이었다.

⚖

"조용합니다."

노형진의 말에 로버트는 입맛을 다셨다.

마치 마법처럼 모든 소식이 사라졌다.

자신들을 씹던 사람들도, 그리고 자신들에 대해 이야기하던 언론도 모조리 입을 다물었다.

"어이가 없을 정도로 조용하네요."

로버트는 기가 막히다는 표정으로 말했다.

"결국 자기들이 켕기니까요."

권력이 위협받기 시작하자 그들은 바로 입을 다물었다.

당연하게도 군 복무 기간을 늘리자는 소리 역시 쏙 들어갔다.

그때마다 정치인 자식들은 이중국적으로 안 간다는 소리가 나올 게 뻔하니까.

"이제 남은 건 돈을 갈퀴로 긁어모으는 것뿐이군요."

"이거, 참……."

로버트는 기가 막혔다.

그런데 노형진의 말이 농담이 아니다.

지금 일본, 중국, 심지어 러시아에서까지, 한국에서 출발하는 크루즈를 타겠다고 줄을 섰으니까.

"결국 저쪽은 아무것도 못 하는군요."

"물론 이쪽은 아무것도 못 하지는 않지만요."

이미 한번 자식들의 국적 여부와 병역 여부가 공개되어 버렸다.

한국 정치인들의 치부다.

그게 인터넷에 있는 이상, 그 족쇄는 영원히 그들을 따라다닐 것이다.

그러나 로버트의 얼굴은 어두웠다.

"하지만 그걸 국민들이 뿌리면 고소할 텐데요?"

안 봐도 뻔하다. 정치인들의 기본 레퍼토리니까.

"걱정하지 않으셔도 됩니다."

"네? 어째서요?"

"그걸 쓸 사람은 국민들이 아니라 다른 정치인들이니까."

"네? 왜요? 그들이 그걸 왜 씁니까?"

"선거철이 되면 적이니까요."

만일 이게 인터넷 자료가 아니었다면 그들은 그걸 먼저 공개하는 게 부담스러웠을 것이다.

하지만 인터넷에 뿌려졌고, 저마다 질세라 애국을 이야기하던 시절에 나온 이야기다.

"그러니 선거철이 되면 공천을 받기 위해 서로가 물어뜯기 시작할 겁니다."

그리고 병역 문제와 자식들의 이중국적 문제는 정치인들에게 계속 족쇄가 될 것이다.

당연하게도 노형진 측을 막지는 못할 테고 말이다.

"우리는 그 덕에 훨씬 편해진 거지요."

국민들이 느긋하게 국적을 쇼핑할 수 있게 된 것이다.

"그리고 그들을 포섭할수록 우리의 세력은 강해질 테고요."

결국 정치인들은 자기 함정에 빠진 꼴이 되었다.

"뭐, 국민들을 무시하던 그들 입장에서는 돌아 버릴 일이겠지만요."

"잘한 일인지 모르겠네요."

로버트는 곤란한 듯 머리를 긁적거렸다.

"잘하고 못하고의 문제가 아니지요."

"네?"

"새론의 모토는 신분에 상관없이 똑같은 법적인 지원을 받도록 하는 것입니다. 그게 설사 편법적인 서비스라고 하더라도 말입니다."

그랬다. 돈이 있는 사람들은 변호사들이 편법적 서비스를 지원해 주지만, 돈이 없는 사람들은 그냥 당해야 한다.

"하지만 이제는 아니지요."

필요하다면 새론이 그 모든 걸 지원해 준다.

"법은 만인에게 평등한 겁니다. 그렇게 만들 겁니다."

노형진은 단호하게 말하며 빙그레 웃었다.

기업의 가치와 국민의 가치

　　대동의 전쟁이 시작된 후에 신동우와 신동성은 피 터지게
싸우고 있었다.

　　그리고 신동우가 새론으로 찾아오는 기적이 벌어졌다.

　　"이렇게 여기서 만나게 될 줄은 몰랐는데요."

　　노형진은 신동우를 보면서 약간은 어이가 없다는 듯 말했다.

　　"나도 네놈을 여기서 만나고 싶지는 않았다."

　　잔뜩 얼굴을 찌푸린 신동우.

　　그리고 신동우를 데리고 온 당사자, 신동하는 지금 상황을
흥미롭게 바라보았다.

　　"하지만 만나고 싶다고 한 건 형님 아니십니까?"

　　"그건 그렇지."

신동우는 결국 순순히 고개를 끄덕거렸다.

다급한 건 그 자신이지만 지금 상황에서 그를 도와줄 수 있는 사람은 딱히 없었다.

"그래서 저를 찾아오신 이유는 의뢰를 하고 싶다는 소리군요."

"그래."

고개를 끄덕거리는 신동우. 그는 눈을 찡그렸다.

"신동성 그 녀석이 너무 강해."

"강하기는 하지요."

원래 역사에서 신동우는 힘도 제대로 쓰지 못하고 쓸려 버렸다.

그만큼 신동성은 강하다.

이번 삶에서도 나름 도와주고 신동하라는 변수까지 만들어 줬지만, 신동우는 버티는 게 다였다.

'차라리 신동성한테 줄 설 걸 그랬나?'

하지만 이내 노형진은 속으로 머리를 흔들었다.

신동성은 능력도 되고 야심도 있는 놈이다. 좋게 말하면 난세의 영웅 같은 놈.

그런 놈이 한편이라면 영웅이 되겠지만 남이라면 최악의 적이 된다.

그리고 현재 그는 적이다.

"그래서 뭘 하고 싶으신 건가요?"

"놈은 정부와 선이 닿아 있다. 그래서 정부의 사업을 싹 쓸어 가고 있어. 그렇다 보니 자금이 좀 부족하다."

"정부와…… 아하!"

신동성은 정치인들과 밀집한 관계를 맺고 있다.

당장 신동하를 족치기 위해 그쪽에서 손쓸 때 신동성에게 힘을 실어 주기도 했다.

"아무래도 한계가 있다."

"무슨 소리인지 알겠네요."

신동우의 경우는 전쟁에 필요한 자금이 나올 수 있는 구멍이 뻔하다.

가지고 있는 회사와 그를 밀어주는 회사들 정도다.

그런데 신동성은 그와 비슷한 조건에 국가의 지원이 더해진다.

국가에서 돈을 밀어주려고 작정하면 아무리 신동우가 노력한다고 해도 결코 이기지 못한다.

"그래서 저한테 의뢰를 하시겠다?"

"동하가 그러더군. 어떻게 해서든 해결책을 만들어 내는 자가 너라고."

"뭐, 그건 맞습니다. 직접 당해 보시지 않았던가요?"

"끄응."

신동우는 신음으로 답했다.

실제로 노형진이 한국에 진출하려고 하던 그에게 엿 먹인 것이 어디 한두 번이던가?

"웃기는군."

"뭐가 말입니까?"

"네놈이 한국에 진출하려던 나를 엿을 먹여서 제대로 싸우지도 못하는 판국인데 네놈한테 손을 내밀어야 한다니."

"하하하. 뭐 인생이 그런 것 아니겠습니까?"

확실히 신동우는 한국 진출을 시도하다가 노형진 때문에 계속 실패했고, 그 결과 중립에 있던 회사의 많은 임원들이 신동성에게 가서 붙었다.

돈뿐만 아니라 사람이 떠나게 만든 첫 번째 원흉이 노형진인데 정작 현 상황에서는 노형진이 유일한 해법이라니.

"그래서 저한테 하고 싶은 의뢰가 도대체 뭡니까? 설마 돈을 빌려 달라는 건 아니지요?"

그게 가장 확실하기는 하다.

노형진은 현재 미다스의 아시아 대리인이다. 그런 만큼 돈을 빌려줄 수도 있다.

"그러면 좋겠지만, 네놈이 빌려줄 리가 있나."

"뭐, 상황이 좋지는 않지요."

미다스로서는 돈을 좀 빌려줄 수도 있겠지만 마이스터로서는 좀 다른 문제다.

미다스는 개인이고 자신의 돈이지만 마이스터는 투자 전문 금융회사이고 현재 대동, 아니 신동우는 그다지 매력적인 투자 상품이 아니니까.

섣불리 투자했다가 돈을 날리면 단순히 원망만 듣는 게 아니라 고객들이 떠날 수도 있으니 그건 위험한 행동이다.

"그러면 뭘 원하십니까?"

"신동하가 일본 정부에서 받는 전폭적인 지지를 어떻게 해서든 끊어 내고 싶다."

"그건 저라고 해도 무리입니다. 그건 일본의 정치적인 문제라서요."

"하, 웃기는군. 지금 천황을 손아귀에 쥐고 일본에 난리를 치게 만든 게 누군지 내가 정말 모른다고 생각하나?"

노형진은 빙긋 웃었다.

"천황과 이 문제는 전혀 다르지요."

천황은 종교적 지도자로서 이제 일본에서 점점 세력을 늘려 가고 있다.

과거에는 국민들과 접점이 없었지만, 각 지방에 있는 신사들이 하나의 조직이 되어서 관청처럼 움직이기 시작했다.

종교로 치면 성당처럼 작동하기 시작한 것이다.

아래쪽에서 하나의 명령을 전달하는 시스템.

"그건 철저하게 종교 쪽 문제이고요. 이건 철저하게 정치적 문제입니다."

종교 쪽 문제야 어떻게 해 줄 수 있다지만 정치적 문제는 노형진이 해 줄 수 있는 게 없다.

"그건 천황이라고 해도 마찬가지지요."

어깨를 으쓱하는 노형진.

"정치적으로 우리가 압박을 가한다는 건 의미가 없습니다. 물론 마이스터가 압박을 가할 수도 있겠지만, 아시지요? 지금 일본은 호황기입니다."

일본은 현재 호황기다. 당연하게도 노형진이 투자를 하지 않는다고 해도 투자하고자 하는 기업이나 자산가는 많다.

"마이스터가 빠진다고 해도 그 타격은 크지 않습니다."

"끄응."

노형진의 말에 신동우는 얼굴을 와락 일그러뜨렸다.

"물론 방법이 없는 건 아닙니다만."

"뭐?"

"단, 쉬운 방법이 아닌 게 문제지요."

노형진은 눈을 반짝이며 말했다.

"그 말은 상당한 비싸다는 뜻입니다."

"얼마 정도 들어가는 일인가?"

"10억."

"얼마 안 되는구먼."

아무리 전쟁 중이라고 하지만 10억 정도 운영하는 건 신동우에게 문제가 안 된다.

하지만 다음 말에 신동우는 눈을 와락 찡그렸다.

"엔화 기준입니다."

"10억 엔? 미쳤나?"

10억 엔. 한화로 109억 정도 되는 돈이다.

당연히 지금 상황에서 무지막지하게 부담이 되는 돈이다.

"하지만 신동성과 일본 정부에 치명적인 타격을 가할 수 있지요."

"너…… 뭔가 있기는 있군."

"원래 카드놀이를 할 때에는 자기 수중에 있는 카드에 맞는 베팅을 해야 하는 법이지요."

"끄응."

신동우는 눈을 감았다.

확실히 100억은 어마어마한 돈이다.

하지만 그 정도 돈을 운영하지 못하는 것도 아니기는 하다.

"물론 현물도 받습니다."

"현물?"

"그렇습니다."

노형진은 싱긋 웃었다.

"제가 요구하는 현물이나 주식으로 10억 엔을 맞춰서 주시면 됩니다."

신동우는 머리를 굴리다가 옆에 있는 신동하를 바라보았다.

마음에 들든 안 들든 같은 편이다.

마음에 안 든다고 해도, 쳐 낼 수도 없다.

그가 불리해진 걸 안 일부가 이탈 조짐을 보이고 있다.

이 상태로는 그가 진짜 불리해진다.

"끄응, 좋다. 10억 엔어치의 물건이나 주식, 인정하지."

일단 무조건 현금일 필요는 없다는 점에서 신동우는 조건을 받아들이기로 했다. 현금만 아니라면 어떻게 해서든 맞출 수 있을 테고, 그 돈을 그가 실탄으로 사용할 수 있으니까.

"좋습니다. 그리고 이번 일은 저와 신동하 씨가 알아서 합니다. 결국 현 정권과 척져야 하는 일입니다. 신동우 씨가 나서면 신동우 씨에게 불이익이 갈 수도 있으니까요. 그러니 뒤에 숨어 계셔야 합니다. 이해하셨습니까?"

"이해했다. 하지만…… 뻘짓은 하지 않았으면 좋겠군."

노형진은 고개를 끄덕거렸다.

"제가 그럴 이유는 없지요. 정식으로 의뢰받은 일이니까요."

의뢰받은 일에 대해서는 확실하게 처리하는 것이 노형진의 철칙이다.

"만일 제대로 처리하지 못하면 그 돈은 돌려드리겠습니다."

"끄응…… 좋다."

신동우는 고개를 끄덕거렸다.

"좋습니다. 계약서를 작성할까요?"

노형진은 빙글빙글 웃으며 펜을 꺼내 들었다.

⚖️

신동우는 신동하만 남기고 다급하게 일본으로 돌아갔다.

그가 일본에서 해야 할 일이 워낙 많기 때문이다.

그리고 만일에 대비해서 그와 노형진의 접점을 남기지 않기 위해서도 그래야 했다.

"이건 참 예상하지 못한 일이네요."

노형진은 머리를 긁적거렸다.

자신이 설마하니 대동의 대리인이 되어서 일하게 될 줄은 몰랐다.

물론 절반만을 기준으로 하는 거지만 말이다.

그런 그를 바라보던 신동하가 고개를 갸웃거리며 물었다.

"그렇게 말씀하시는 것치곤, 아까 형님에게 말씀하신 걸 보면 이미 방법을 알고 계신 것 같은데요. 그 방법이 뭡니까? 전 전혀 모르겠는데요."

신동우를 데리고 오기는 했지만 신동하는 사실 바로 방법이 나올 거라고는 생각도 못 했다.

신동우가 약하다고 하지만 그에게 인재가 없는 건 아니다. 그러나 그 수많은 인재들 중 누구도 방법을 찾지 못했다.

그런데 노형진은 대화한 지 채 30분도 안 되어서 방법을 찾고 계약까지 한 것이다.

"방법은 사실 전부터 알고 있었습니다."

"방법을 전부터 알고 있었다고요?"

"정확하게 말하면 일본 정부의 약점이지요. 쓸 일이 없어서 놔뒀지만요."

"네? 그게 무슨 말씀이십니까?"

신동하는 깜짝 놀랐다.

다른 곳도 아니고 일본 정부의 약점이라니?

"아니, 일본의 고질적인 문제라고 볼 수 있겠네요."

노형진은 어깨를 으쓱했다.

"이해가 안 가는데요. 물론 일본 정부의 문제야 한두 가지가 아니지만."

하지만 지금 신동우 측이 쓸 수 있는 방법은 별로 없는 게 현실이었다.

그런데 노형진은 이미 알고 있었고, 그걸 놔두고 있었다니.

"뭐, 어차피 같이해야 하는 거니까 대충 설명을 해 드리지요. 물론 보안이 중요하니까 조용히 움직여야 합니다."

노형진은 그렇게 말하면서 창문의 블라인드를 내렸다.

주기적으로 도청 확인을 하니 사무실 안은 안전했다.

"지금 일본 정부는 아주 공고한 시스템으로 이루어져 있지요. 현 정권이 권력을 잡은 지 몇 년이나 되었지요? 10년? 20년?"

"무척이나 오래되었지요."

"그렇지요."

그걸 뒤집기 위해 노형진이 수를 쓰고 있기는 하지만, 아직 정권을 뒤집을 정도의 힘을 가지지는 못했다.

그저 아래에서 조금씩 세력을 늘리는 중이다.

정권을 바꾸려면 아마도 10년 이상 걸릴 수도 있다.

"그렇게 오래된 정권은 그 구조가 굳어 버립니다."

"그거야 당연하지요. 안정적으로 운영이 가능하니까."

노형진은 고개를 흔들었다.

"아니요. 정치의 권력 구조를 말하는 게 아닙니다. 제가 말하는 건 정치적 문제가 아니라 이권에 관한 문제입니다."

"이권?"

"그렇습니다. 이권 그리고 그에 관련된 사람들."

가령 어떤 자리에 이권이 생기는 일이 있다고 치자.

그 자리를 차지하기 위해서 사람들이 달라붙을 테고, 이익을 나눠 먹는 사람들이 생긴다.

그건 당연한 일이다.

아무리 민주적인 정권이라고 해도 그건 막을 수 없는 현실이다.

"그걸 완벽하게 막을 수 있다면 그곳은 진짜 유토피아일 겁니다."

"으음…… 이해가 잘 안 가네요."

"음…… 예를 들어 보지요. 어디에 도로를 건설한다고 합시다. 그러면 그곳 공사를 하게 되는 곳은 어디일까요?"

"아무래도 정권과 친한 곳이 되겠지요?"

"맞습니다."

정권과 친한 곳, 정권에서 밀어주는 곳에서 그 공사를 하게 된다.

"그건 모든 곳이 다 마찬가지지요."

노형진은 테이블을 톡톡 두들기며 말했다.

"문제는 신동우라는 존재입니다."

신동성은 오랫동안 자신을 감춰 왔다. 그리고 완벽하게 기습했다.

"하지만 그 말은, 일본 정치권과 손잡은 지 얼마 되지 않았다는 거지요."

"그렇겠지요?"

"그런데 여기서 문제가 생깁니다. 일본이라고 해도 모든 게 무한하지는 않거든요."

예산은 한정되어 있고, 그 안에서 쓸 수 있는 돈 또한 당연히 한정되어 있다.

사업을 하면서 돈을 삥튀기해서 빼돌릴 수는 있지만, 없는 사업을 위해 돈을 만들어 낼 수는 없다.

"그런데 기존에 있던 사업들은 대부분 기존의 이권 세력이 있습니다. 신동성에게 그걸 밀어주기 위해서는 기존 세력을 팽 해야 합니다. 그게 쉬울까요?"

"그게…… 쉽지는 않겠군요."

신동하는 노형진의 말이 무슨 뜻인지 알 것 같았다.

기존 세력 중 일본 정치권에 선이 닿아 있다는 것만으로도 그들의 세력은 절대 작다고 볼 수 없다.

모든 정치인들이 신동성과 선이 닿아 있는 건 아니다. 당연히 각 세력마다 밀어주는 정치인이 다르다.

만일 기존 세력을 밀어내고 신동성에게 자리를 주려고 한다면, 그 세력뿐만 아니라 그 세력을 지지하는 정치인들이 강하게 반발할 수밖에 없다.

지지 세력이 약해진다는 것은 자신이 정치판에서 밀린다는 것을 의미하니까.

"그렇다고 대동 정도 되는, 아니 신동성 정도 되는 사람에게 그저 그런 이권을 줘 봐야 의미도 없습니다."

힘이 약한 초선 의원이나 지방의원 이권을 빼앗아 줘 봐야 벼룩의 간 수준이나 될까?

"그런 것까지는 생각해 보지 않아서……."

"보통은 그렇지요."

어찌 되었건 그러한 이권 문제 때문에, 기존 세력의 자리를 빼앗아서 신동성에게 줄 수는 없다.

"그러면 지금까지 없던 이권 자리를 만들어 줘야 하는데, 아까도 말했지만 뻥튀기를 해서 예산을 몰아줄 수는 있지만 없는 자리를 만들 수는 없어요."

결국 충분히 돈이 들어가고 사람들도 그걸 인정할 수밖에 없으며 또한 정당성도 있는 자리가 생겨야 한다.

"그런데 갑자기 그런 자리가 나타날 수는 없습니다. 보통은 말이지요."

"그러면 신동성의 경우에는 그런 자리가 있었다는 겁니까?"

"네."

노형진은 눈을 크게 뜨고 신동하를 바라보면서 강하게 말했다.

"후쿠시마."

"후쿠시마?"

일본의 원자력발전소가 있던 곳, 그리고 방사능 유출 사고가 일어났던 곳.

일본을 방사능 범벅으로 만든 그곳.

"후쿠시마 재건 사업은 돈이 어마어마하게 들어가지요. 그리고 그건 전혀 새로운, 지금까지 없었던 사업이지요."

"그건…… 그러네요."

지금까지 없었던, 따라서 누구의 이권도 연관되어 있지 않은 사업이다.

"그리고 누구도 별로 하고 싶어 하지 않는 사업이지요."

"설마……?"

"이미 알아봤습니다. 유령 기업을 통해 신동성이 그곳의 일을 따내고 있더군요."

"흠……."

후쿠시마. 일본인들에게는 잊고 싶지만 잊을 수 없는 그곳.

'그리고 지금쯤 아주 개판일 테지.'

후쿠시마는 현재 재건이 불가능하다.

현재 후쿠시마에서 하는 일은 제염 작업, 그러니까 표토층에 붙어 있는 모든 방사능 물질을 제거하는 사업이다.

'그리고 사람들은 잘 모르지만 거기에는 비리가 어마어마하지.'

원래는 몇 년 후에 터질 사건이다.

후쿠시마 제염 작업을 제대로 하지 않고 돈을 **빼돌리고** 임금을 착복한다.

방사능 제거 작업은 쉽게 말해서 표토층을 비롯해서 겉면에 붙어 있는 방사능 물질을 모조리 걷어 내는 작업을 뜻한다.

"하지만 그게 쉬울까요?"

제염 작업에 들어가는 비용은 11조 엔 이상이다.

어떤 사업과도 비교할 수 없을 정도로 어마어마한 돈이 들어간다.

"그런데 문제는 그마저도 제대로 하지 않는다는 거지요."

원래 규정상 제염 작업의 표토 제거 작업은 표토층에서 30센티미터 이상 제거해야 한다.

하지만 현장에서는 30센티미터는커녕 10센티미터도 제거하지 않고 있다.

그나마 흙으로 이루어진 곳은 제거 작업이라도 쉽지만 건물 같은 경우는 모조리 철거해야 하는데, 그 철거 작업의 진행 상황은 제로다.

소유권 문제가 아직 해결되지 않고 있기 때문이다.

"그리고 숲으로 이루어진 곳은 아예 손도 못 대고 있지요."

숲 같은 경우 제염 작업을 하기 위해서는 말 그대로 산 자체를 모조리 깎아 버려야 한다.

당연하게도 그 위에 있는 나무나 식물도 모조리 잘라 내야 한다.

이미 방사능 물질에 오염되었으니까.

나무는 단순히 방사능이 묻은 걸로 끝나는 게 아니라 그걸 흡수했고, 주기적으로 뿜어낼 수밖에 없다. 그게 나무의 특성이다.

그 나무를 잘라 내고 그 자리의 표토층을 제거하고 다시 새로운 나무를 심는 비용은 진짜 어마어마하게 들 수밖에 없다.

설사 그렇게 한다고 해도, 잘라 낸 나무는 또 어쩔 것인가?

방사능을 흡수한 오염된 나무이니만큼 재활용할 수도 없고 태울 수도 없다.

태우는 순간 공기는 방사능으로 오염된다.

결국 흙이나 오염수처럼 탱크에 보관해야 한다는 건데, 당연히 그 공간이 어마어마하게 요구된다.

그러니 손도 대지 못하고 있는 것이다.

그러나 언젠가는 하기는 해야 하는 일이다.

"하지만 일본 정부는 그러지 않고 있습니다."

일단 사람들에게 보이는 곳 위주로 작업을 한다.

그리고 방치한다.

그러다가 비가 오면 오염된 흙이나 물질이 주변으로 다시 퍼진다.

그 악순환이 벌써 몇 번째 이루어지고 있다.

"그리고 그 과정에서 어마어마한 돈이 사라지고 있습니다."

하청에 재하청 그리고 다시 재하청에 재하청. 그게 일본 정부의 현 상황이다.

"그걸 지금 신동성이 하고 있다고요?"

"제가 알기로는 그렇습니다."

물론 쉬쉬하면서 조용히 하고 있지만 말이다.

'나도 어렴풋하게 기억하고 있지만…….'

몇 년 후 이 사건이 대대적으로 터져 나가면서 이슈가 될 때 들었던 소식이다.

물론 대대적으로 터진 것은 해외 언론을 기준으로 한 것이다. 일본 언론에서는 채 일주일도 안 가서 모든 뉴스가 사라졌다.

"그러면 신동성은……."

"그 안에서 어마어마하게 돈을 빼돌리고 있겠지요. 예상 자금이 11조 엔입니다. 그 정도면 대동의 주식을 싹 쓸어도 될걸요."

일본 정부 입장에서도 맘 편한 일이다.

대동은 한국계 일본인이 차린 회사다. 그러니 문제가 생기면 뒤집어씌우기도 편하다.

"미쳤군요."

신동하는 자신도 모르게 이를 빠드득 갈았다.

'미친 짓은 그것만이 아닐 텐데.'

물론 대동이 그 일을 받아서 제대로 했다면 문제가 안 된다. 하지만 그들은 제대로 하지 않았다.

그게 문제가 되는 거다.

'이쯤이면 현장은 아주 개판일 거야.'

방사능 제거 작업을 하기 위해서는 당연히 안전 장비를 제대로 줘야 한다.

하지만 제대로 된 방사능 보호복은 어마어마하게 비싸다.

그리고 무겁다.

물론 방사능 보호복도 그 등급이 있다.

"보통은 A, B, C, D 이 네 개 등급으로 나눕니다."

방사능 보호복 중 제일 낮은 등급은 D등급이다.

하얀색 전신복에 앞치마 정도만 하는 거다.

본격적인 방호는 불가능하며, 그냥 방사능 물질이 몸에 닿지 않도록 하는 수준이다. 당연히 호흡기에 대한 방호는 전혀 없다.

그다음 등급이 C등급.

작업은 불가능하지만 오염 지역에서의 간단한 활동 자체는 가능한 수준이다.

보통 군대에서 지급하는 화생방복이 딱 이 수준이다. 최소한의 방어와, 호흡을 통한 오염 방지.

그리고 그다음 등급이 B등급이다.

오염 지역에서 작업을 하기 위해 부여되는 것으로, 방독면이 아니라 산소통을 통한 직접적 공기 제공이 이루어진다.

마지막으로 A등급.

영화에서 미국에서 오염 사태가 터지면 사람들이 입고 다니는 커다란 드럼통 같은 옷이 바로 이것이다.

완전한 방호를 제공하며, 공기도 산소통으로 제공되고 내부에 양압력을 제공하여 외부 공기가 절대 못 들어오도록 한다.

"그리고 방사능 오염 지역에서는 B등급 이상의 복장으로 작업해야 합니다."

"처음 듣는데요?"

"일본 정부에서 알려 주고 싶어 하지 않을 테니까요."

노형진은 그렇게 말하면서 인터넷에서 뭔가를 찾아 신동하에게 보여 줬다.

"바로 이 옷이 B등급입니다. 그리고 이 옆에 있는 건 D등급이지요."

"D등급…… 잠깐만요, 이거……?"

신동하는 눈을 가늘게 뜨고 화면을 바라보았다.

D등급이라고 표시된 복장. 그게 눈에 너무 익었기 때문이다.

"설마 이거, 후쿠시마 작업자들이 입는 옷 아닙니까?"

"맞습니다."

후쿠시마 작업자들에게 부여된 작업복은 D등급의 방사능 차폐복이다.

"그리고 이 옷들은 일회용입니다."

쉽게 말해서 D등급 방사능 차폐복은 오염 강도가 낮은 지역에서 잠깐 동안의 활동을 보장하는 용도로, 장시간 작업을 할 수 있는 옷이 아니다.

규정에서 인정하는 안전한 작업 시간은 대략 15분에서 아무리 길어도 30분 정도.

좀 나쁘게 말하면 부직포보다 좀 더 나은 수준이라고나 할까?

"그런데 이걸 우리 작업자들이 입는다고요?"

"심지어 빨아서 다시 쓴다고 하더군요."

"설마…….."

"설마가 아닙니다. 이 D등급이 얼마일 것 같습니까?"

"그, 글쎄요."

"6천 원입니다."

"미친!"

중국산 바지 한 벌도 2만 원이 넘는다. 그런데 6천 원이라니!

"애초에 일회용이니까요."

한 번만 쓰고 방사능 오염물로 처리할 생각으로 만든 옷이니까.

"그런데 이걸 입고 방사능 제염 작업을 하고 있지요."

"……."

신동하는 기가 막혀서 말도 못 했다.

그런 줄은 몰랐으니까.

"아까도 말했지만 이권이 달려 있습니다. 이권이 달려 있으면 당연하게도 중간에서 착복하는 돈이 많아지지요."

"……."

사람들이 돈을 빼돌리기 가장 편한 곳이 어디일까?

바로 '안전'이다.

한국도 돈을 아낀다고 할 때 가장 먼저 건드리는 곳이 바로 안전 관련 부분이다.

"신동성은 그곳에서 번 돈으로 어마어마한 자금을 확보해 놨을 겁니다. 11조 엔. 하, 그 돈이 도대체 어디서 얼마나 빼돌려졌을지 알 수 있겠습니까?"

"……."

"아까도 말했지만 이건 '일회용' 복장입니다."

하지만 이걸 빨아서 다시 쓴다면 그 구입 비용은 그대로 굳는다.

그러나 방사능 물질이라는 건 빤다고 해서 사라지는 게 아니다. 도리어 빠는 과정에서 안쪽에 달라붙어 피폭 수준이 어마어마하게 높아질 수밖에 없다.

"그리고 그렇게 세탁하는 데 사용된 물은 당연히 하수도로 흘러가지요."

당연하게도 그걸 하수 처리한다고 해서 방사능이 사라지

진 않는다.

"요즘 일본에서 '먹어서 응원하자'는 운동이 벌어지고 있다면서요?"

후쿠시마 작물을 팔아 줘서 그 지역의 발전을 돕자는 운동인데, 이게 얼마나 말도 안 되는 개소리인지는 어지간한 사람은 다 안다.

"하지만 어지간한 대기업들은 싸다는 이유로 거기 물건을 쓰고 있지요. 그리고 태워서 응원하자는 말도 있던데요?"

'태워서 응원하자'는 방사능 지역에서 나온 폐기물을 전 지역에서 태워서 좀 더 빠르게 재건을 돕자는 건데, 방사능 물질은 태우는 걸로 사라지지 않는다.

도리어 연기를 타고 퍼져 나간다.

"지금 일본은 방사능 물질을 전 국토로 퍼트리는 중이지요."

신동하는 씁쓸하게 웃었다.

틀린 말은 아니니까.

"더군다나 일본에서는 방사능 측정이 불법이지요."

일본에서 만든 공공 보안법에서는, 일본 내에서 방사능을 측정하여 인터넷이나 SNS 등을 통해 대중에게 공개하는 경우 10년 이하의 징역에 처하도록 되어 있다.

"그러니 얼마나 좋습니까?"

대충 하고 나서 '이 지역은 안전합니다. 국민 여러분은 안심하고 생업에 종사하셔도 됩니다.'라고 하면 끝이다. 거기서 다시 수치를 측정하고 이의를 신청할 수는 없으니까.

실제로 몇몇 사람들이 일본 각지에서 방사능을 재고 인터넷에 공개했지만 쥐도 새도 모르게 사라지고 있는 상황이다.

"하지만 이게 그들의 약점이기도 하지요."

노형진은 싱긋 웃었다.

"모든 조직에는 관리 책임이라는 것이 있으니까요."

"관리 책임……. 그렇군요. 그 지역이 안전하다고 하면 그 지역에 대한 책임도 자신이 져야 하니까."

신동하는 노형진이 뭘 노리는지 알아차렸다.

"지금까지 일본에서는 방사능 관련 소송이 없었습니다."

정확하게 말하면 하고 싶어도 할 힘이 없었다.

일단 돈이 어마어마하게 든다.

그리고 이길 가능성도 낮다.

"위에다가 충성을 하는 일본 특유의 문화도 있지요."

결과적으로 말해서 일본 정부는 아주 편하게 돈을 빼돌리고 있었다.

"결국 공포감이 문제입니다. 누구도 일본 정부에 대항하려고 하지 않지요. 애초에 할 생각도 못 합니다. 두려우니까요."

만일 누군가 싸워서 이긴다면, 그리고 그 과정에서 어떻게 저항하는지 눈에 보인다면 아마 소송은 엄청나게 몰려들 것이다.

"제대로 하지 않았던 작업은 당연히 다시 제대로 해야 할 테고요."

"신동성에게 타격이 어마어마하겠군요."

작업을 제대로 하려면 돈이 어마어마하게 든다.

그리고 일본 정부에서는 이미 돈을 지급한 이상, 부족한 돈은 신동성이 직접 조달해야 한다.

"아마 착복한 돈을 모조리 토해 내도 부족할 겁니다."

노형진은 씩 웃으며 말했다.

그렇게 된다면 신동성은 곤혹스러운 상황이 될 수밖에 없다. 일단 자금이 부족하게 될 테니까.

풍부한 자금이 바로 신동성이 유리한 이유였는데 그 이점을 잃어버리게 되는 것이다.

"그렇다고 해서 제염 작업에서 손을 뗄 수는 없지요."

그랬다가는 찍힐 것이다.

결국 울며 겨자 먹기로 계속 진행해야 한다.

"배상을 해 주면서 같이 진행을 해야 하니 아마 신동성 측은 타격이 클 겁니다."

노형진의 말에 신동하는 고개를 끄덕거리다가 약간 걱정스러운 얼굴이 되었다.

"하지만 소송을 하려고 하는 사람이 있을까요?"

정부나 강한 자와 싸우는 것을 극도로 꺼리는 것이 일본 국민들의 성향이다.

그러니 그들이 소송하도록 만드는 건 절대 쉬운 일이 아니다.

"아, 그거라면 적당한 사람이 있습니다."

"네? 누구요?"

"작업자들요."

"작업자들?"

"네, 작업자들 말입니다."

"그들이 왜 소송을 합니까?"

노형진은 그 말에 피식 웃으며 신동하에게 반문했다.

"제가 알기로는 후쿠시마 지역에서 작업을 하는 비용이 월 800만 원 정도라고 하더군요. 일본의 평균 임금의 두 배 정도 되지요. 근데 신동하 씨라면 그 돈을 받고 거기로 가겠습니까?"

"아니요."

신동하는 선을 딱 그었다.

미쳤다고 거길 가겠는가? 당장이야 돈을 좀 벌겠지만 그 이후에 무슨 일이 벌어질지 뻔한데 말이다.

"제 말이 그겁니다. 상황이 아주 막장이 아닌 이상에야 가지 않겠죠."

"아…… 무슨 소리인지 알겠네요."

세상에서 가장 무서운 사람은 잃을 게 없는 사람이다.

고작 월 800만 원 받고 스스로 사지로 걸어가야 했던 사람들.

그들이 과연 정상적인 삶을 살아가는 사람들일까?

말 그대로 아래에 깔려서 숨 쉬는 것도 힘들어하는 사람들일 것이다.

"그리고 한국에서도 많이 갔지요."

"네? 한국에서도요?"

"사실은, 한국에 일본의 채권 추심 업체가 들어와 있습니다."

정확하게는 노형진이 손잡고 거래한 것이다.

사기를 치고 돈을 안 뱉는 놈들.

피해자들이 그 채권을 야쿠자에게 팔면, 야쿠자는 그걸 가지고 상대방을 강제로 끌고 간다.

한국에서는 폭력 조직이 강제로 일을 시켜서 착복하는 게 불법이다. 물론 일본도 불법이다.

하지만 법을 지키면서 착실하게 일하면 야쿠자가 아니다.

"제가 듣기로는 몇백 명이 끌려갔다고 하더군요. 그리고 그들이 가장 많이 투입된 곳이 후쿠시마라고 하더군요."

"그런가요?"

"가장 돈이 되니까요."

일단 사기꾼 중 상당수는 남자다.

여자라고 해도, 술집이나 기타 돈이 될 만한 곳에서 일을 시킬 수 있는 숫자는 한정되어 있다.

일본의 술집에서 일하면 돈이야 많이 벌겠지만 나이나 외모, 일본어 가능 여부 등이 문제가 되니까.

"가장 확실하게 많은 돈을 벌 수 있는 곳. 그곳은 다름 아닌 후쿠시마죠."

야쿠자들은 그들을 후쿠시마로 밀어 넣었고, 그들은 그곳에서 천천히 죽어 가고 있다.

　"그들은 그곳에서 탈출하고 싶어 합니다."

　당연히 소송을 하라고 하면 할 것이다.

　그래야 야쿠자에게 줄 돈을 갚을 수 있을 테니까.

　"허⋯⋯."

　"방법이 없는 게 아닙니다. 그저 타이밍을 노리고 있었을 뿐이지요."

　노형진의 말에 신동하는 입을 쩍 벌렸다.

　마치 모든 것이 준비된 것처럼 그려졌다.

　"노 변호사님은 참 무서운 분이네요."

　"가끔 그런 소리를 듣습니다, 후후후."

　노형진은 그렇게 말하면서 피식 웃었다.

　"이제 남은 건 소송뿐입니다. 과연 일본, 아니 신동성이 뭐라고 할지 두고 보자고요."

막장 인생인데 뭐

노형진은 가장 먼저 야쿠자에게 연락을 했다.

그리고 야쿠자들은 노형진의 이야기를 들으며 고개를 끄덕거렸다.

"그렇잖아도 이런 식으로는 돈을 언제 갚을지 앞이 캄캄했는데 말이지요."

'그게 갚아지냐?'

노형진은 야쿠자의 말을 들으며 혀를 끌끌 찼다.

야쿠자들은 그들을 데리고 가서 일을 시키고 돈을 받아서 착실하게 변제 처리한 게 아니다.

야쿠자들은 그들에게 고전적인 방법으로, 그러니까 식비나 생활비의 명목으로 계속 빚을 씌웠다.

물론 그 금액은 터무니가 없었다.

방사능 제염 작업으로 벌 수 있는 돈은 800만 원선.

그런데 그중 400만 원이 매달 빚으로 더 생긴다.

당연히 변제에 들어가는 돈은 400만 원뿐이다.

'아마 거기서 일하다 암으로 죽어도 못 갚을걸.'

노형진은 알면서도 딱히 말리지는 않았다.

사기꾼들 스스로가 선택한 일이다. 애초에 그들이 사기 쳤던 돈을 돌려준다고 했다면 그렇게까지 되지는 않았을 것이다.

하지만 그들은 끝까지 감췄고, 그 결과는 그들 스스로 선택한 것이었다.

"그래서 소송을 위해 그들의 동의를 좀 얻어야 합니다만."

"그건 어렵지 않을 겁니다."

검은 양복을 입은 남자는 웃으며 말했다.

그리고 손가락을 흔들었다.

"손가락 하나 없다고 해서 제염 작업을 못 하는 건 아니니까."

쉽게 말해서, 동의하지 않으면 손가락을 하나씩 자르겠다는 소리다.

'역시 야쿠자.'

"그런데 고작 그걸 부탁하려고 저희를 찾아온 건 아닌 것 같은데요? 그놈들이야 도망 못 가니까 언제든 찾을 수 있습니다만."

"그거 말고 다른 부탁도 있습니다. 그곳에서 일했던 사람들을 찾아 주실 수 있겠습니까?"

"그곳?"

"네, 후쿠시마에서 제염 작업을 했던 다른 사람들 말입니다. 그 사람들이야말로 소송 당사자가 되어야 하니까요."

후쿠시마 사고 이후 그곳을 관리하던 도쿄전력은 국유화되었다. 당연하게도 그 관리 책임과 재건 책임은 일본 정부의 몫이 되었다.

그래서 일본 정부-도쿄전력-재건 회사-하청-재하청-재하청과 같은 식으로 구조적 도식이 완성되었다.

당연하게도 재건 회사는 신동성의 것이다.

"문제는 우리가 그들의 자료를 달라고 한다고 해서 줄 리가 없다는 거지요."

"그거야 뭐."

현재 재건 작업에 막대한 숫자를 밀어 넣어 주는 자들이 야쿠자다 보니 선이 없을 수가 없다.

당연하게도 야쿠자들이 요청하면 관련 정보를 얻을 수 있었다.

"그거야 적당한 대가만 치른다면 어렵지 않습니다만."

야쿠자는 시큰둥하게 말했다.

"뭐, 적당한 대가는 언제든 치르지요."

어차피 그 이상으로 돈을 받아 낼 수 있을 테니까.

"바로는 안 될 겁니다. 조용히 움직여야 하니까요."

"아, 걱정하지 마세요. 저도 나름 알아봐야 하는 일이 있거든요."

"어떤 걸 말입니까?"

"일본에서 일한 사람이 일본 사람들만 있는 건 아니니까요."

정상적인 상식이 있는 사람이라면 후쿠시마에서 그 돈을 받으면서 일하려고 하지 않을 것이다.

실제로 그곳에서 일하려고 하는 사람은 대부분 인생이 막장이었다.

"그리고 그런 사람들을 찾기 쉬운 곳이 한 곳 더 있지요, 후후후."

노형진은 씩 웃으며 말했다.

⚖

"중국이라니. 거기도 홍보했습니까?"

"네, 알아보니 그렇더군요. 실제로 한국에서도 후쿠시마에서 일할 사람을 찾는 홍보를 했습니다. 그런데 일본 정부가 중국에서 사람을 찾지 않았을까요?"

실제로 일본 정부는 한국에서도 후쿠시마에서 일할 사람들을 모집했다.

그들 생각에도, 정상적인 사람이라면 후쿠시마에서 일할 생각을 할 리 없으니까.

하물며 한국에서도 했는데, 환율도 낮고 지식수준도 낮은 중국을 대상으로 과연 모집을 하지 않았을까?

"당연히 했을 겁니다."

노형진은 느긋하게 말했다.

"아마도 낮은 금액을 주고 고용했겠지요."

당장 한국인들은 800만 원을 주고 일하라고 해도 절대 다수가 거절할 것이다.

하지만 중국은 400만 원만 줘도 일할 사람이 제법 많을 것이다.

일단 교육 수준이 낮은 중국은 방사능이 얼마나 몸에 나쁜지 잘 모르는 사람이 많으니까.

더군다나 중국 정부도 사람들을 막거나 교육하려고 하지 않는다.

일본만큼이나, 아니 일본 이상으로 우민화에 신경을 쓰는 것이 바로 중국이다.

철저한 통제와 감시 그리고 우민화가 중국 정부의 모토이고, 그들에게 있어서 생명이란 언제든 채울 수 있는 일종의 숫자일 뿐이었다.

"분명 중국에서 온 사람들도 많을 겁니다. 소송을 한다고 하면, 그들이 과연 하지 않을까요?"

"안 할 리가 없지요."

중국인들의 돈에 대한 사랑은 전 세계적으로 유명하다.

좋게 말해서 사랑이지, 집착이라고 해도 무방할 정도다.

중국은 나라가 넓고 그만큼 인구가 많다. 당연하게도 재능이 있는 사람들도 많다.

실제로 한국에서 중국을 노리고 많은 연예 기획사들이 중국 멤버를 넣어서 그룹을 론칭하지만 많은 경우, 특히나 성공한 경우 그들은 소송을 통해 계약을 해지하고 중국에서 활동한다.

"우리가 그 소송을 일단 중국에서 시작하는 거지요."

노형진은 씩 웃으며 말했다.

"제 기억이 맞는다면, 중국에 대동의 계열사들이 많이 진출한 걸로 알고 있는데요?"

"맞습니다."

한국까지 진출했던 그들이다.

그들이 돈이 넘쳐 나는 중국에 진출하지 않았을 리가 없다. 당연하게도 중국에서 나름 세력을 세우려고 노력했다.

"그리고 우리가 소송해서 이긴다면 그쪽에서 압류를 시작할 수 있을 겁니다."

"중국 정부에서부터 시작한다? 허, 이건 생각도 못 했는데요."

신동하는 혀를 내둘렀다.

설마 중국 정부 쪽에 먼저 손댈 줄은 몰랐으니까.

"뭐, 당연한 거 아닙니까?"

한국 정부는 친일 정부이지만 중국 정부는 반일 정부다.

그렇잖아도 중국은 노형진에게 속아서 몇 번이나 일본과 싸웠고, 지금 그 둘 사이의 관계는 최악이다.

"그런 만큼 지금 상황에서 적당한 소송 한 방이면 관계를 완전히 틀어 버릴 수 있지요."

"그러면 신동성 입장에서는 돌아 버릴 지경이 되겠군요."

현재 중국에 진출한 대동의 많은 기업이 신동성을 지지하고 있다.

아무래도 신동우는 한국 진출을 핑계로 중국에 진출한 기업들을 홀대한 것이 사실이기 때문이다.

"그것 하나만 가지고도 100억 원 이상은 하겠는데요?"

신동하는 신이 나서 외쳤다.

사실 100억의 수임료가 너무나 비싸기 때문에 그걸 어떤 식으로 채울 것인가가 관심거리이기는 했다.

그런데 노형진의 계획대로라면 일본 본사까지 갈 필요도 없이 중국에서만 100억대 이상의 타격을 입힐 수 있다.

만일 이게 이슈화되고 중국에서 반일 정서가 직격으로 대동을 때린다면, 중국의 신동성 지지 세력은 조 단위 이상의 피해를 입을 수밖에 없으니까.

"하지만 우리가 이런 계획을 한다고 해서 과연 이슈가 될까요? 소송을 할 수는 있겠지만……."

문제는 이걸 크게 키워서 어떻게 해서든 중국 전역에 알리는 것이다.

그래야 사건이 커지고 중국 정부가 관여하게 된다.

"그 차이는 엄청날 겁니다."

"그렇겠지요."

만일 중국 정부가 끼지 않은 상황에서 소송을 한다면 아무래도 배상금이 적어질 수밖에 없으니까.

"그에 관해 적당한 방법이 있습니다."

"적당한 방법요? 중국 언론에 제보하시려고요? 하긴, 중국 언론은 아무래도 중국 정부의 입김이 강하지요."

그리고 중국 언론은 반일 정서가 강해서 이런 걸 열심히 보도할 것이 확실하니까.

하지만 노형진은 그것보다는 좀 더 강한 충격을 줄 생각이었다.

"이쯤에서 확실하게 일본에 타격을 줘야 하지 않겠습니까? 이 상황에서 언론에서 떠들어 봐야 결국 중국 언론에서 또 반일 정서를 조장한다는 말밖에 안 나오지요."

"그러면요?"

"중국에 있지만 일본을 대표하고 있는 사람이 있습니다."

"주중 일본 대사 말입니까? 하지만 그가 이런 문제를 언급할까요?"

노형진은 고개를 흔들었다.

그쪽이 언급할 가능성은 완전히 제로니까.

"애초에 그쪽에서 관심을 보일 가능성은 제로입니다. 도리어 어떻게 해서든 감추고 싶어 하겠지요."

"그러면요?"

"지금쯤 존재감이 많이 사라진 사람이 한 명 있지 않습니까? 세상에서 제일 중요한 게 바로 존재감입니다. 그래서 정치인들은 망언을 하는 한이 있어도 자신의 존재를 알리려고 하는 거지요."

"존재감이 많이 사라진 사람? 설마……."

"저스틴. 잊고 있었지요?"

노형진은 씩 웃었다.

저스틴.

일본 일왕가의 둘째 타이토가 외국 여자와 바람피워서 낳았다고 추정되는 남자.

현재 일본을 피해서 중국에 망명 중.

"그동안 저스틴이라는 존재 자체가 드러날 일이 없었지요."

맨 처음에 중국으로 갔을 때만 해도 중국 언론은 하루 종일 저스틴에 대해 이야기했다.

하지만 시간이 지난 지금에 와서는 그다지 관심을 가지는 존재가 아니다.

"애초에 천황가에서 인정도 하지 않고 있는 상황이니까요."

물론 그가 자식이 아니라고 부정할 수 있는 유일한 방법인 유전자 검사에도 응하지 않고 있는 상황이다.

"그런데 이쯤에서 저스틴이 한번 빵 터트리는 것이 나쁘지는 않을 것 같은데요?"

중국에 천황가의 핏줄로 의심되는 사람이 있다.

그걸 한 번 더 공고하게 알려 줌으로써 일본 정부의 입지를 틀어막고 타이토의 세력을 한 번 더 흔드는 것이 노형진의 계획이었다.

"그리고 저스틴은 현재 우리에게 전적으로 기대고 있고요."

중국에서 저스틴에게 일정 지원을 하고 있지만 그 돈이 많은 것은 아니다.

진짜 천황가의 핏줄임이 인정된 것도 아니고, 그냥 이슈만 끌고 있는 거니까.

그 때문에 그의 생활 자체는 중국에서 모금하는 형식으로 노형진과 새론이 지원하고 있었다.

그래서 나름 쓴다고는 해도 과도하게 사치할 수 있는 상황은 결코 아니었다.

물론 그것만으로도 그는 충분히 행복한 삶을 살아가고 있다.

"그러니까 저스틴이 말 한마디만 해 주면 아마 이 문제는 전 세계에 퍼질 겁니다."

노형진은 씩 웃었다.

"그리고 일본 정부는 아주 곤혹스러운 처지가 되겠지요."

중국에서 재판만 한 거라면 또 반일 재판이라고 무시하면 그만이지만, 언론을 통해 전 세계에 이게 나간다고 하면 일본에서 재판을 할 때도 심각하게 정치적 부담을 느낄 수밖에 없다.

"저스틴에게 연락을 해 보지요. 아마 기꺼이 응할 겁니다, 후후후."

연락을 받은 저스틴은 노형진의 부탁대로 기자회견을 하겠노라고 했다.

물론 그에 따른 적당한 대가를 요구하기는 했다. 하지만 딱히 부담스러운 정도는 아니었다.

-저는 일본 천황가의 핏줄로서 일본이 중국에 저지른 잘못을 대신 사과하고자 합니다.

일단 천황가의 이름을 판 것은 확실하게 효과가 있었다.

-일본에서 벌어진 방사능 누출 사고의 뒷수습을 할 때 중국의 인민들을 싼 가격에 속여서 데리고 간 것을 알았습니다. 일본의 후쿠시마 방역에 투입된 중국인 노동자들에게 기준 이하의 방사능 보호복을 제공하고 그것도 일회용 작업복을 수차례 재활용했다는 것을, 얼마 전 일본에 있는 제 지지 세력으로부터 전해 들었습니다. 이는 중국의 인민들을 속이고 그들을 방사능의 제물로 삼은 것이나 다름

없습니다. 저를 보호하고 있는 중국의 인민들에게 이 사실을 알리지 않는다면 그건 중국의 인민들을 배신하는 것이라 생각합니다. 이에 저는 해당 사실을 공식적으로 알리고 중국의 인민들에게 천황가의 자손으로서 사과를 드리고자 합니다.

저스틴의 발언은 중국을 발칵 뒤집었다.

당장 저스틴이라는 존재에 대해 알고 있었지만 관심은 별로 없었던 사람들이나 중국 언론에서도 이번 사건을 대서특필하기 시작했다.

"어마어마하군요. 방송에서 그 이야기만 나오고 있어요."

신동하는 질렸다는 표정으로 말했다.

"당연하지요. 저스틴이 천황가의 일족이라는 주장을 한 번 더 했으니까."

그렇잖아도 그 문제로 충돌하고 있는 중국과 일본이다.

그러던 차에 쉬쉬하던 문제가 다시 불거져 나온 상황.

더군다나 그냥 자기주장이 아니라 천황가의 일원으로서 사과를 한 상황이니, 일본 정부와 타이토는 또다시 저스틴의 주장을 부정해야 하는 상황이 되었다.

"그리고 유일한 방법은 쓸 수 없고요."

당연하게도 이렇게 됨으로써 차기 천황인 요히토는 자신의 딸인 아이사코를 여성 천황으로 만들고자 하는 목소리를 더 크게 낼 수 있게 되었다.

만일 이번에도 타이토가 거부한다면 사과를 인정하는 꼴밖에 안 되니까.

"이런 걸 일타 이피라고 하지요, 후후후."

단순한 사과이고, 저스틴의 주장이 인정되지 않은 것은 여전하다.

사실 현실적으로 바뀐 것은 없다.

하지만 타이토와 극우 세력 입장에서는 미치고 팔짝 뛸 일이다.

"그리고 일본 내부에서도 아마 난리가 날 겁니다."

"이번 사과에 대해서요?"

"아니요. 일본 내부에 정보원이 있다는 것에 대해서요."

"네?"

"생각을 해 보세요. 저 녀석이 진짜 사기꾼이라면 내부에 정보원이 있을 수가 없지요."

천황가 내부에서도 부정하고 인간 취급도 안 할 테니까.

하지만 천황가 내부에서 부정도 못 하는 상황에서 정보원까지 있다는 말은, 반대로 말하면 진짜로 그가 천황가의 자손이며 몇몇은 그를 지지한다는 말이기도 하다.

"아마 타이토를 지지하는 세력은 자기들끼리 패를 나눠서 개싸움을 할 겁니다. 그러면 우리는 그사이에 느긋하게 움직일 수 있지요."

"헐."

신동하는 자신도 모르게 혀를 내둘렀다.

이건 일타 이피 정도가 아니라 아예 돌 하나로 새 떼를 다 쓸어버리는 수준이다.

"이제 중요한 건 피해자들을 모으는 거지요. 그리고 그 숫자는 적지 않을 겁니다."

"어째서요?"

"규정을 모르시나 보군요."

"아무래도……."

일본에서는 후쿠시마의 재건에 관한 모든 것을 비밀에 부치고 있었다.

말로는 '건강합니다.', '안전합니다.'라고 하지만 그와 관련된 모든 것이 비밀이다.

"후쿠시마에서 작업하는 사람들은 아무리 길어도 3개월 이상 근무시키지 않습니다. 아니, 못 시키지요."

사방이 방사능 오염 지역. 그곳에서 D급 방사능 보호복 하나만 입고 3개월간 작업을 한다.

문제는 그 D급 방호복이 제작사의 규정에 따르면 방사능 오염 가능성이 전혀 없는 곳에서 만일을 대비해서 입는 옷이며, 저강도의 방사능 오염 지역에서는 대략 5분에서 30분 정도만 작업이 가능하다는 거다.

"만일 3개월 이상 근무하다가 그곳에서 백혈병, 암, 기타 증세를 나타내면 어떻게 될까요?"

"방사능 때문이라고 생각하겠군요."

"맞습니다. 그래서 도쿄전력은 최대 근무 일수를 3개월로 잡고 있지요."

그러니까 누군가는 목숨을 걸고 가서 일할지도 모르지만 그래 봤자 버는 돈은 3천만 원 정도인 것이다.

"물론 야쿠자들은 사기꾼들의 명의를 변경해서 가짜 이름으로 계속 투입하고 있다고 하더군요."

하지만 그건 자기들이 선택한 사항이니 노형진은 그다지 신경 쓰지 않았다.

죽어도 돈은 못 주겠다고 하니 어쩌겠는가. 죽어야지.

"어찌 되었건 그건 특수한 경우고, 현재 상황에서는 많아 봐야 3천만 원이지요."

최대 세 달.

"그리고 그곳에서 작업하는 사람들의 숫자가 얼마나 될까요?"

후쿠시마 원전 사태로 출입이 금지된 지역은 제주도보다 조금 작은 정도다. 그러니 그 지역을 전부 제염하려면 어마어마한 인원이 필요할 수밖에 없다.

"아마도 한 번에 최소 2천 명은 투입해야 할 겁니다. 그러고 보니 후쿠시마 원자력발전소가 언제 터졌지요?"

후쿠시마 원자력발전소가 터진 것은 2011년 3월이다.

"대략 4년 가까이 되어 가는군요."

"4년……."

3개월마다 2천 명씩 1년이면 8천 명이다.

그 8천 명이 무려 4년이다.

"최소한으로 단순하게 계산한다 해도 3만 2천 명입니다."

만일 투입 인원이 더 많다면, 그리고 근무 기간이 더 짧다면 과연 거기에 추가로 투입된 인원은 얼마나 될까?

"설마…… 그러고 보니…… 그렇군요. 일본에서 제염 작업에 들어가는 사람을 구한다는 말은 거의 없었어요."

"당연하지요. 아무리 일본이 막장이라고 하지만 누가 거길 갑니까?"

더군다나 일본은 현재 대호황이다.

일자리가 없는 게 아니라 사람이 없어서 정년을 연장해 달라고 기업들은 비명을 지르고, 청년들은 자기 마음대로 취업하고 있다.

한때 불황 당시에 취업을 하지 못한 청년들이 아르바이트로 생활을 이어 가서 니트족이라는 말이 생겼지만, 지금의 니트족은 그때와 좀 다르다.

그때는 취업을 못 해서 아르바이트를 했지만 지금은 대부분이 고용되는 바람에 아르바이트생을 구하지 못해서 아르바이트 급여가 올랐고, 그래서 몇 개의 아르바이트를 하면 도리어 정규직보다 더 버는 상황이 되어서 아르바이트를 하는 사람들이 늘어났다.

일본의 극우 세력에 대해 외국에서는 불만을 가지고 있을

지 모르나 현재 일본은 소위 말하는 완전 고용 상태에 들어서 있다.

"그런데 그 상황에서 후쿠시마까지 오려고 하는 사람이 과연 있을까요?"

"없겠군요."

심지어 일본에서 중졸이라고 해도, 취업은 못 해도 아르바이트는 할 수 있다.

편의점 같은 곳이야 그냥 포스로 찍을 줄만 알면 되니까.

"결국 이런 곳에 오는 사람들은 뻔하지요."

강력 범죄 처벌로 인해 아르바이트도 할 수 없는 사람들.

그런 사람들이 결국 올 수밖에 없다.

문제는 그런 자들은 극도로 이기적이라는 거다.

도둑질을 다시 하면 했지, 자기 한 몸 바쳐서 후쿠시마를 재건한다는 마음 따위는 전혀 없을 것이다.

"그렇다 보니 아무래도 후쿠시마에 들어가는 인원 중 상당수가 외국인일 수밖에 없지요."

중국인, 동남아인같이 지식이 부족한 사람들.

방사능이 위험한 것도 모르는 사람들.

그들이 보기에는 3개월간 삽질하고 버는 3천만 원은 어마어마한 이득이니까.

"그걸 어떻게 확신하십니까?"

"애초에 모을 때 그걸 공지하지 않거든요."

"네? 설마요!"

"설마가 아닙니다. 한국에서 후쿠시마에서 일할 사람을 모았다고 하지 않았습니까?"

심지어 후쿠시마에 투입될 사람들을 모았던 조직은 평소 외국인 노동자를 보호한다고 외치던 인권 단체였다.

"그들은 정확한 조건을 이야기하지 않고 무조건 모았지요."

노형진은 씁쓸하게 말했다.

"한국에서도 그랬는데 중국에서는 어땠겠습니까? 동남아에서는요? 그들은 오로지 단 하나, 일본에서 일한다는 생각만을 하고 갑니다."

그리고 그곳에서 방사능에 천천히 피폭되어 죽어 가는 것이다.

"그들을 모아서 소송에 투입하면 아마 일본은 난리가 날 겁니다."

"하지만 그런다고 해서 대동이, 아니 신동성이 타격을 입을까요?"

신동하는 고개를 갸웃했다.

속여서 투입한 것은 확실히 잘못된 일이다.

그런데 문제는, 지금 이들이 노리는 것은 신동성이라는 거다.

이번 사태의 주범인 일본 정부와 도쿄전력이 잘못을 저지른 것은 맞지만, 그건 그쪽 잘못이지 신동성의 문제는 아니다.

"도쿄전력에서 노동자에게 일당으로 주는 돈이 얼마인지

아십니까?"

"글쎄요? 그건 잘 모르겠네요."

"100만 원입니다. 그런데 노동자들이 한 달에 받아 가는 돈은 1천만 원 이하죠."

그러니까 한 달에 2천만 원 이상이 소위 하청에 하청이라는 구조로 사라지고 있는 것이다.

물론 한국도 하청의 구조가 어마어마하게 복잡하기는 하지만 이 정도는 아니다.

"그리고 그 돈은 몽땅 신동성에게 갑니다."

"역시……."

비슷하다고 생각한 재력 차이가 왜 이렇게 나는가 했더니 그런 비밀이 있었던 것이다.

"일단 그 문제에 대해 중국 정부의 지원을 받아서 소송을 진행합니다. 동남아 쪽은 다른 직원을 보냈으니 조만간 결판이 날 겁니다."

⚖

노형진의 말대로 중국 언론에서 물어뜯기 시작하자 피해자들이 모이는 것은 금방이었다.

물론 반일 감정은 극도로 악화되었고, 일본 정부에서는 말도 안 된다고 주장했지만 중국 정부는 그 당시 일본에서 근무하고 온 노동자에 대한 방사능 검사를 실시했다.

"당연하게도, 짜잔!"

방사능 검사가 어려운 것은 아니다.

애초에 노동자들이 그곳에서 일하고 왔으니 당연히 방사능에 오염될 수밖에 없었다.

물론 그렇다고 해서 다 끝난 것은 아니었다.

노형진도 생각지 못한 사태가 벌어졌다.

"내부 피폭?"

내부 피폭, 그러니까 신체 내부에서 이루어지는 피폭을 뜻한다. 외부의 피폭 같은 경우는 외부 방사능 물질이 그 원인이다.

그래서 방사능 물질을 씻어 내면, 그 방사능 오염으로 인해 발생한 피해 자체는 어쩔 수 없지만 추가적인 피폭은 벌어지지 않는다.

물론 그것만으로도 사람은 여러 가지 암이나 기타 질병으로 죽을 수밖에 없지만.

하지만 내부 피폭은 전혀 다르다.

내부 피폭은 쉽게 말해서 내부에 방사능 물질이 쌓여 있는 상태다.

그렇다 보니 구조적으로 씻어 낼 수도 없고 신체의 특성상 바깥으로 내보낼 수도 없다.

내부 피폭의 방사능에 요오드가 어느 정도 효과를 발휘한다고 하지만 그건 아주 극소량일 때의 이야기고, 이번에 중국 정부에서 발표한 내부 피폭 문제는 생각보다 심각했다.

"어떻게 된 거지요? 내부 피폭이라니요? 이런 거 아셨습니까?"

"알았을 리가 없지요. 그걸 알았다면 제가 그걸 미리 준비했을 겁니다."

"그런데 어떻게 내부 피폭이 벌어진 거지요? 아니, 사람들이 거기서 방사능 물질을 퍼먹었을 리도 없고."

미치지 않고서야 그럴 놈은 없다.

말도 안 되는 상황.

그러나 노형진은 한 가지 가능성을 깨달았다.

아니, 그것 말고는 이유가 없었다.

"'먹어서 응원하자'."

"네?"

"'먹어서 응원하자'! 내가 왜 그 생각을 못 했을까요? '먹어서 응원하자'."

"그게 무슨 말이지요?"

"현재 후쿠시마에서는 다시 쌀과 식량이 생산됩니다. 그리고 그건 오염되어 있지요."

말로는 안전하다고 한다. 방사능 검사를 한다고 한다.

하지만 그건 눈 가리고 아웅이다.

적극적으로 검사를 하지도 않고, 일부 견본 검사만 한다.

그나마도 일본은 국제 안전 수치의 열 배를 안전치로 잡고 있다.

"'먹어서 응원하자'. 일본의 많은 기업들이 거기에 동참하고 있지요."

진짜로 후쿠시마를 지원하려고? 아니다.

싸기 때문이다.

당장 다른 곳보다 60% 이상 싸다.

실제로 일본의 많은 식당 체인들이 후쿠시마를 돕는다는 이유로 후쿠시마산 제품들을 소비한다.

"그렇게 싼 걸 어디에 쓸까요?"

"보통은 단체 급식에서 쓰지요. 그렇군요. 신동성이 미치지 않고서야 노동자의 권리를 챙겨 줄 리가 없지요."

수천 명의 노동자들.

그들에게 매일같이 단체 급식을 해야 한다.

돈을 빼돌리기 위해 방사능 차폐복도 등급 미만을 지급하고 그마저도 빨아서 쓰게 하는데, 먹는 거라고 과연 깨끗한 수입산을 먹일까?

"그래서 내부 피폭이 벌어진 겁니다."

'먹어서 응원하자'의 피해는 생각보다 크다.

일본의 모 개그맨은 적극적으로 후쿠시마산을 먹으며 '먹어서 응원하자'를 지원했다.

그 결과 백혈병에 걸렸다.

"후쿠시마에서 제염 작업을 하면서 거기서 나오는 후쿠시마산 음식을 먹은 거지요."

그 개그맨도 적극적으로 '먹어서 응원하자'를 했다고 하지만 삼시세끼 꼭꼭 후쿠시마산만 먹은 건 아니다.

기회가 되면 먹지만, 없으면 안 먹는 수준이었다.

"하지만 저들은 거기서 먹고 마시고 잤습니다."

당연하게도 그들의 내부 피폭은 상상도 못 할 수준일 것이다. 아마도 저들은 상당수가 암과 백혈병으로 죽을 수밖에 없을 것이다.

"그리고 그 책임은 그걸 제공한 사람에게 있지요."

"신동성."

신동하는 눈을 크게 떴다.

"생각보다 일이 커지겠습니다. 지금이 기회입니다. 중국에다가 소문을 내야겠군요."

"소문요? 무슨 소문요?"

"일본에서 고의적으로 방사능 물질을 먹여서 보냈다고요."

'먹어서 응원하자'라는 운동은 일본 내에서 벌어지고 있는 일이지만, 사실 다른 나라는 잘 모른다.

한국의 대부분의 국민들도 모르는데 일본에 대해 적대적인 중국에서 그걸 굳이 알려 주려고 했을까?

그랬을 리가 없다.

"사람들의 생각에는 상식적으로 있을 수가 없는 일이지요."

상식적으로 있을 수 없는 일.

그런 경우 사람들은 한 방향으로만 쏠릴 수밖에 없다.

누군가가 고의적으로 했다는 것.

"그쪽으로 몰고 가면 생각보다 큰 타격을 입힐 수도 있을 것 같습니다."

그렇잖아도 공격적이고 통제가 되지 않는 것이 바로 중국의 국민들이다.

절대적인 우민화 정책 탓도 있지만, 그들은 중화 제일주의 교육을 받아서 중국만이 절대 선이며 또한 강하다고 생각한다.

그런데 자신들이 공격받았다고 생각하면?

과연 어떤 일이 벌어질까?

"단순히 중국의 말을 안 듣는다는 이유로 미국의 기업을 공격하는 게 중국인들이지요."

심지어 반일 감정이 심할 때, 일본 차를 타고 다닌다는 이유로 차를 부수고 운전자를 폭행한다.

그게 중국이다.

그리고 공안은 그걸 그저 구경만 한다.

"이거 일이 재미있게 돌아가는군요."

노형진은 눈을 반짝거렸다.

⚖

-뭐라고? 대동이 선점하고 있는 시장을 적극적으로 공략

하라고?

유민택은 노형진에게서 온 갑작스러운 연락에 당황해서 물었다.

-그게 무슨 소리인가? 아니, 갑자기 전화를 해서는 다짜고짜 대동이 선점한 시장에서 먼저 공격을 하라니?

"지금 중국에서 노동자들의 내부 피폭 이야기가 나왔습니다. 그리고 그게 일본 정부와 일본 기업들의 고의적 살인이라는 이야기가 돌고 있습니다."

-돌고 있다?

유민택은 그 돌고 있다는 말에서 순간 뭔가 알아차렸다.

"피해자들은 일본에서 후쿠시마 재건 작업을 했던 사람들입니다. 중국의 근로자들이 내부 피폭을 당했는데 다른 나라의 근로자들은 안 그럴까요?"

그렇지 않을 리 없다.

"실수로 그러는 것과 고의로 그러는 것은 전혀 다른 느낌이지요."

그렇잖아도 일본은 타국민을 무시하고 노예처럼 생각해 왔다.

더군다나 과거 일제강점기 이후에 반성도 없었으며, 그래서 반일 감정은 어마어마하게 강하다.

다만 한국과 중국을 제외한 나라는 금전적 문제로 인해 약한 모습을 보이는 것이 사실이다.

"하지만 타국의 노동자들을 방사능으로 암살하는 것은 전혀 다른 문제지요."

만일 일본에서 고의적으로 암살하는 형태가 된다면, 일본은 전 세계적인 비난을 받고 더불어 사업이 극도로 위축될 수밖에 없다.

"그렇잖아도 대동은 규모가 너무 큽니다."

내전을 통해 세력을 많이 줄였다고 하나 그렇다고 해도 대동의 힘은 대룡을 훨씬 능가한다.

"하지만 단 한순간 대동의 매출이 막혀 버리면 어떤 일이 벌어질까요?"

─그건…….

거대한 공룡은 그만큼 더 많은 것을 먹어야 한다.

대동뿐만 아니라 어떤 기업이든, 기업이라는 존재는 다 그렇다.

만일 이게 사실로 밝혀진다면?

아마도 일본에는 피바람이 불기 시작할 것이다.

"신동하에게 미안하지만 대동은 어차피 우리가 쓰러트려야 하는 적입니다. 아니, 미안할 것도 없지요. 지금 신동하는 거의 힘이 없습니다. 대동이 약해지면 그의 힘은 강해질 수밖에 없지요."

그나마 극우가 판치는 일본에서 중국과 친한 게 신동하다. 그러니 모든 힘이 그쪽으로 쏠릴 수밖에 없다.

－하지만 고의적으로 그랬다는 증거는 없지 않나?

고의성을 입증하기 위해서는 수많은 사례가 필요하다.

물론 중국에서 내부 피폭이 발견되었다고 하지만 그건 어디까지나 일부일 뿐이고, 아직 모두에 대한 검사가 끝난 것은 아니다.

"압니다. 일정한 숫자가 되어야 인정되지요."

－더군다나 자네도 알다시피 이번에 검사한 사람들은 후쿠시마에서 일했던 사람들이야. 그들이 거기서 피폭되었다고 일본에서 주장하면 딱히 할 말이 없네.

분명 그곳에서 피폭되었을 가능성은 존재한다.

물론 내부 피폭이기는 하지만, 그게 무조건 누군가 강제로 먹였다는 증거는 안 된다.

"그래서 제가 다급하게 연락을 드린 겁니다. 이번 기회를 제대로 잡으면 대룡은 어마어마하게 성장할 테니까요. 다른 곳들이 알기 전에 먼저 움직이셔야 합니다."

－이해가 안 가네만.

"이번 사건에 대해 저는 '먹어서 응원하자'라는 운동이 문제가 된다고 생각합니다."

－그건 기억하네. 자네가 나한테 말해 줬지. 말도 안 되는 개짓이라고 말이야.

유민택은 전화 너머에서 수긍하며 말했다.

물론 그때는 웃으며 이야기한 일이었다.

"하지만 지금 상황을 보니 좀 다르게 생각이 들더군요."

―다르게?

"'먹어서 응원하자'에 참여하는 기업들은 결국 좋게 말해서 애국이지, 돈 때문에 하는 거지요. 싸니까요."

―그렇지.

"그러면 단체 급식을 하는 곳들은 어떻게 하겠습니까? 특히 외국인 노동자들이 많은 공장 같은 곳들요."

―…….

유민택은 말을 하지 못했다.

공장의 궁극적인 목적은 돈을 버는 것. 물건의 질 같은 경우는 판매와 관련되기 때문에 당연히 어느 수준 이상이 되어야 하지만 근무자들에게 제공되는 음식 같은 것, 특히나 단체 급식 같은 경우는 아주 질이 나쁘지만 않다면 당연히 싼 가격의 것을 고르게 된다.

여기서 아주 나쁜 질이라는 것은 방사능 여부가 아니라 조리해서 먹었을 때 어느 정도의 맛이 유지되느냐가 관건이다.

그렇다면 과연 단체 급식을 하던 곳에서 '먹어서 응원하자'로 싸게 나온 후쿠시마의 농산물을 쓰지 않았을까?

그걸 몇 년간 먹은 노동자들은 과연 얼마나 내부 피폭이 이루어졌을까?

"저라면, 외국인 노동자를 쓰는 곳이라면 그걸 쓸 겁니다."

―검사하면 내부 피폭이 나오겠군.

만일 후쿠시마에서 일하지 않은 다른 사람들이 검사를 했는데도 내부 피폭이 나온다면?

진짜로 일본이 고의로 외국인들에게 방사능 물질을 먹였다는 소리밖에 안 된다.

실제로 죽이려는 목적은 없었겠지만, 고의로 먹인 것은 사실이다. 싸니까.

하지만 그걸 곡해해서 인터넷에 뿌리는 건 어려운 일이 아니다.

-하지만 일본 정부에서 고의가 아니라고 주장할 텐데.

"그게 중요한 부분입니다. 고의가 아니었음을 주장하려면 일본 정부는 다른 단체 급식 시설에 대한 방사능 내부 피폭 검사를 해야 합니다."

-그래서?

"제가 알기로는 단체 급식 시설에서 이미 방사능 검사가 이루어지고 있습니다."

-뭐라고?

"일본 정부도 바보가 아닙니다."

정부 입장에서는 학교나 군부대 같은 곳에 방사능 오염 물질이 들어가는 게 반가울 리가 없다.

당연히 다 검사를 해서 들어간다.

"그 말은 고의성이 더 강해진다는 거지요. 설사 아니라고 해도, 그들은 그걸 인정하고 외부에 공표하지 못합니다."

―어째서?

"일본의 입장은 지금까지 확고합니다. '일본은 안전하며, 방사능은 없고, 먹어도 아무런 지장이 없습니다.'이지요."

그래서 한국을 WTO에 제소하면서까지 어떻게 해서든 자국의 물건을 팔아먹으려고 노력하고 있었다.

"그런데 검사해서 외국인뿐 아니라 우리도 내부 피폭을 당했다고 주장하자니, 지금까지 안전하다고 한 모든 주장이 거짓말인 셈이 되는 거지요."

―허허허허.

유민택은 자신도 모르게 탄성을 내질렀다.

결국 일본 정부는 아무런 선택도 할 수가 없다.

내부 피폭을 인정하지 않자니 외국의 극심한 반발이 벌어질 테고, 내부 피폭을 인정하자니 지금까지 안전하다 했던 일본의 상황이 거짓말이라는 걸 인정하는 꼴이 된다.

"만일 이게 새어 나가면 분명 중국뿐만 아니라 동남아에서도 극단적 반일 감정이 터져 나올 겁니다."

단순히 돈을 착취하는 게 아니다.

고의적으로 자국민에게 방사능을 먹여서 죽도록 만들었다는 것. 그건 심각한 문제다.

"그리고 가난한 나라의 사람들이 일할 곳은 뻔하지요."

싼 노동력이 필요한 공장 같은 곳. 그런 곳은 대부분 단체 급식이 이루어진다.

"과연 일본에서 얼마나 많은 외국인들이 단체 급식을 받고 있을까요?"

몇십만 명이 내부 피폭되었음이 드러난다면? 일본 정부뿐만 아니라 일본 기업들은 어마어마한 타격을 입을 것이다.

당연하게도 신동성은 치명적일 것이다.

"단순히 신동성에게 타격을 주기 위해 시작한 일이기는 하지만 이 상황이라면 신동성뿐만 아니라 대동, 나아가 일본의 경제 자체에 어마어마한 타격을 주게 될 겁니다."

유민택은 아무런 말도 하지 못했다.

머릿속으로는 생각도 못 할 만큼 어마어마한 스케일의 일이 벌어졌으니까.

"아직 다른 기업들은 그걸 모르고 있습니다. 그 전에 이쪽에서 선점하면 대룡이 그 자리를 그대로 집어삼킬 수도 있습니다."

─미안하지만 이만 끊네. 아, 그리고 일 터트리기 전에 꼭 전화 주게, 꼭!

마음이 급한 유민택은 전화를 다급하게 끊었다.

노형진은 전화기를 내려 두고는 심호흡을 했다.

"기회는 찾아왔으니. 이제 그걸 이용하는 일만 남았군."

일본 경제의 악몽은 그렇게 시작되었다.

자본주의의 함정이 이런 거지

　중국 정부는 일단 일부 사람에 대한 검사라고 선을 그었다.

　애초에 자세한 검사를 하기에는 숫자가 너무나 많았다. 하지만 노형진은 상황을 정확하게 판단하고 먼저 움직이기 시작했다.

　-일본이, 자국 내에서 일하는 외국인 노동자들한테 방사능 먹였다더라.

　-뭔 개솔?

　-일본이 러시아여?

　-방사능 홍차 일본 수출설?

　-이 경우는 방사능 스시인가?

한국에서 시작된 소문.

그 소문은 빠르게 다른 나라로 퍼지기 시작했다.

물론 그 안에는 적극적으로 번역해서 퍼트리는 각 나라의 사람들이 있었다.

–소문 들었냐? 중국에 방사능 피폭자가 2만이 넘었다는데?

–필리핀 방사능 피폭자가 3천이라는 말도 있음.

갑자기 이런 소문이 퍼지기 시작하자 신동성은 당혹감을 감추지 못했다.

"아니, 이게 무슨 소리야? 방사능 피폭이라니? 갑자기 이게 무슨 소리야? 중국 정부에서는 왜 갑자기 근로자에 대한 피폭 조사를 하기 시작하는데?"

"그게, 그 저스틴이라는 놈이 한 말이 문제가 되어서……."

"이런 젠장!"

저스틴이라는 놈이 일본 천황가의 추문이라는 것은 알고 있다. 하지만 자신들과 전혀 상관없는 일이라고 생각하고 있었다.

신동하가 일본 천황가, 정확하게는 요히토와 친밀하다는 것도 알고 있었지만 정치적 힘을 쓰지 못하는 그들의 상황상 위협이 되리라고는 생각도 해 본 적 없다.

그런데 그쪽도 아니고, 갑자기 타이토의 사생아 녀석이 핵

폭탄을 터트렸다.

"지금 방사능 피폭자 수가 얼마나 되는데?"

"그게……."

"제대로 말 안 해!"

보고를 하던 부하들은 눈을 데굴데굴 굴렸다.

그 모습을 본 신동성은 불안감이 스멀스멀 치밀어 올랐다.

"도대체 얼마나 피폭된 건데!"

"아마도…… 전부라고……."

"전부?"

"네……."

"전부? 지금 전부라고 했어? 어?"

"……."

조직이라는 곳은, 특히 큰 조직은 당연하게도 모든 걸 상부에서 결정하지 않는다.

신동성이 돈을 구해 오라고 하면 아래에서 알아서 자금을 만드는 것이다.

그리고 그 방법이 바로 하청에 하청을 통한 방사능 제염 작업이었다.

"애초에 지급된 장비가 방사능을 막는 데에는 한계가 있고……."

D급의 방사능 보호복은 6천 원선. 대량 구매하면 4천 원까지 낮아진다.

그런데 일본 오염 지역에서 활동이 가능한 B급 작업복은 한 벌당 몇백만 원 선이다.

"이런…… 미친……."

신동성은 얼굴이 사색이 되었다.

그게 무슨 뜻인지 알아차렸기 때문이다.

"도대체 어떻게 한 거야! 일을 어떻게 한 거냐고! 도대체 어떻게 일을 시켰기에 이런 일이……."

"그게, 도쿄전력에서 가능하면 빠르게 수습을 해 달라고 해서……."

그래서 그들은 무리하게 일을 진행시켰다.

모든 근무자들은 일일 방사능 수치를 확인하고, 그 수준을 넘으면 무조건 근무에서 빼야 한다. 하지만 대동에서는 그러면 시간이 맞지 않는다는 이유로 감지기를 새것으로 바꿔서 다시 투입했다.

그러니 서류상으로는 기준치 이하의 방사능에 노출된 것으로 기록되어 있지만, 검사하면 최소 두 배에서 세 배 이상의 방사능에 노출되었다는 결과가 나오는 것이다.

그것도 국제적 기준 이상이 아니라 일본에서 정한 기준 이상이니, 국제 기준으로는 최소한 스무 배 이상의 방사능에 노출된 것이다.

"미친! 지금 공장은? 지금 중국 공장 상황은 어때?"

"중국 시위대가 공장에 들이닥쳐서 모든 걸 약탈하고 물품을 파손했습니다. 현지 사장의 말로는 최소한 3주 이상은 가동 중지 상태라고 합니다. 그나마도 추가적인 약탈이 없을 때의 이야기이고요."

대동뿐만 아니라 일본 기업들 상당수가 이번 공격의 대상이 되었다.

"젠장, 피폭은 그렇다 쳐! 내부 피폭은 뭐냐고!"

"현지에서 후쿠시마산 농수산물을 사서 먹인 게 문제가 된 것 같습니다. 아무래도 가격이 가격이다 보니……."

사실 외부 피폭이야 어떻게 해서든 변명할 수 있다.

그걸 조건으로 고용한 것이었고, 실제로 그들이 일한 곳은 후쿠시마를 비롯한 방사능 오염 지역이니까.

하지만 내부 피폭은 전혀 다른 문제다. 진짜로 누군가 먹이지 않았다면 벌어지지 않았을 일이니까.

그리고 중국인들이 분노한 이유가 바로 그것이다.

방사능을 먹였다는 것.

"어떻게, 수습할 수 있겠어?"

"그게 말입니다, 어떻게 수습을 하려고 해도 방법이 없습니다."

후쿠시마산을 먹였다고 하면 그건 그대로 엄청나게 문제가 될 테고, 자기들은 모른다고 하면 그건 또 그 나름대로 문제가 된다.

"그나마 나은 선택은 우리는 아무것도 몰랐다는 포지션을

취하는 것뿐입니다. 만일 내부 피폭에 관련된 중국의 말이 사실이라면 필연적으로 소송이 따라올 텐데, 우리가 후쿠시마산을 먹인 걸 인정하게 된다면 그 배상액이……."

부하는 보고하면서도 진땀을 흘렸다.

"최소 80억 엔 이상 나올 거라고 생각하고 있습니다."

신동성은 입을 다물었다.

80억 엔, 한화 약 870억.

그와 신동우는 현재 대동이라는 기업을 두고 싸우고 있다.

그런 엄청난 돈을 물어줘야 하는 상황이 되면 신동성의 자리는 당연히 위험해질 수밖에 없다.

신동성 혼자 감당하자니 부담스러운 돈이라 그만큼 실탄을 빼야 할 테고, 그러면 싸우기 힘들어진다.

반대로 대동 전체의 문제인 만큼 같이 물어줘야 한다고 하면 신동우가 신동성이 싸지른 똥을 치우는 형태가 되는데, 그러면 결과적으로 신동성이 지고 들어가는 형태가 될 수밖에 없다.

"망할!"

신동성은 이를 빠드득 갈았다.

전혀 생각지도 못한 부분에서 터진 일이 자신의 근본 위치를 흔들 줄은 몰랐으니까.

"당장 중국에서 최고의 변호사들 선임해! 알았어? 중국 정치인들 중에서도 라인 찾아보고!"

"하지만 중국의 반일 감정이 워낙 거세서……."

"지금 그 중국 반일 감정이 문제야! 다 같이 죽고 싶어?"

아무리 신동성이 유능하다지만 이 문제는 그의 유능함만으로 해결할 수 있는 수준이 아니었다.

"얼마가 들어도 좋으니까 어떻게 해서든 중국 정부와 선을 만들어! 알았어? 알았냐고!"

소리를 버럭버럭 질러 보아도 신동성의 불안감은 사라지지 않고 있었다.

⚖

"이런 경우에 신동성이 선택할 유일한 방법은 부정입니다."

노형진은 신동하와 함께 유민택과 만나고 있었다.

신동하 역시 잔뜩 흥분한 얼굴이었다.

"그렇겠지. 인정하는 순간 어마어마한 손해배상이 붙으니까."

"그러니까요. 아마도 중국 정부는 이참에 중국에 있는 공장을 압류하려고 할 겁니다."

신동성의 편에 선 대동의 중국 공장들.

그곳은 현재 습격으로 인해 완전히 폐쇄되었다.

그 피해액은 수백억으로 예상되고, 대동의 공장뿐만 아니라 일본 공장들은 죄다 그 꼴이었다.

"그리고 그곳은 중국 공안이 지키고 있지요. 공식적으로는 폭도들에게서 공장을 지킨다고 하지만 아마 진짜 목적은 도주를 막기 위한 것일 겁니다."

대동에서 중국에 세운 공장에는 최신 설비가 가득하다.

그걸 합법적으로 강탈할 수 있는 기회가 있다면 중국에서 마다할 리가 없다.

"그리고 현재 그게 가능한 상황이니까요."

그러자 신동하가 걱정스러운 얼굴로 노형진을 슬그머니 쳐다보았다.

"하지만 그렇게까지 할까요?"

"그렇게까지 할 겁니다."

"어떻게요?"

"아마도 신동성은 어떻게 해서든 사건을 무마하기 위해서 중국 정부와 접촉하겠지요. 안 그런가요, 유 회장님?"

노형진의 질문에 유민택은 고개를 끄덕거렸다.

"당연하지. 그건 당연한 일이야. 상황이 틀어지면 어떻게 해서든 피해를 최소화해야 하고, 가장 좋은 방법은 정치인들과의 접점을 만드는 것이거든. 물론 상황에 따라서는 불가능한 경우도 있지만 대부분 정치인들에게 접촉해서 사건을 무마하거나, 힘들다고 해도 배상금을 최소한으로 줄이려고 하지."

그건 기업인이라면 누구나 하는 일이다.

딱히 이상할 게 없는 일.

"그리고 우리는 그 반대로 움직입니다."

"반대로?"

"중국 정부에 접촉해서, 해당 업체를 압류하는 경우 우리에게 구입 의사가 있다는 것을 이야기해 주는 거지요. 약간의 인사와 함께요."

"약간의 인사? 아하! 그렇군. 지키는 자와 공격하는 자는 좀 다르지."

대동에서 해당 기업들을 팔 리가 없다.

팔고 싶다고 해도, 당연히 지금 상황에서 팔릴 리가 없다.

"결국 압류를 통한 경매를 거치게 될 겁니다. 그 과정에서 우리가 끼어드는 거지요."

노형진 측이 나서서 그곳을 구입하겠다고 의사를 타진하는 것이다.

"정치인들은 기꺼이 우리 쪽을 편들어 줄 수밖에 없지요."

똑같은 기업이지만 대동에서 돈을 받으면 매국이라는 욕을 먹을 수 있다.

하지만 노형진 측으로부터 돈을 받으면 그런 욕은 먹지 않는다.

"우리가 관심을 보인다는 것만으로도 중국 정부는 훨씬 유리한 고지를 선점하게 됩니다."

아무도 나서지 않는다면 모를까, 팔 곳이 있으니까.

"그리고 일반적으로 경매를 하게 되면 그 가격은 낮아지는 게 보통입니다."

노형진의 설명을 가만히 듣던 신동하가 이제야 알겠다는 듯 고개를 끄덕였다.

"신동성은 어떻게 해서든 그곳을 지키기 위해 돈을 써야겠군요."

그 돈은 절대 적지 않을 것이다.

그리고 그 책임은 신동성이 지게 될 테고 말이다.

현재 불리한 신동우에게는 말 그대로 하늘이 내린 기회가 될 것이다.

"좋은 생각입니다. 설사 경매는 막는다고 해도, 공장이 중국에 있는 이상 제대로 운영되려면 상당한 시일이 걸릴 겁니다. 그동안은 신동성의 자금을 계속 빨아먹을 테고요 그러니 신동우 씨에게 연락해서 바로 준비해 달라고 하십시오. 이 정도 이유면 주주나 다른 라인의 기업들을 설득해서 신동우 씨의 파벌로 넘어오도록 할 수 있을 겁니다."

"좋습니다. 제가 바로 움직이지요."

"우리는 추가로 이야기할 게 있어서요."

신동하가 고개를 끄덕거리고 바깥으로 나가자 호텔 방 안에는 유민택과 노형진만 남았다.

"신동하는 왜?"

"지금 신동하는 대동의 문제라서 우리를 돕고 있는 겁니다. 하지만 우리가 원하는 건 대동이 아니라 일본 아닙니까?"

"그건 그렇지."

개인적으로 대동에 원한을 가진 신동하다.

"그리고 그가 일본인이 아닌 것은 아니지요."

신동하는 한국 이름을 가지고 있고 한국어를 할 줄 안다.

하지만 그렇다고 해서 그의 정체성이 한국인인 것은 아니다.

그는 일본에서 나고 자랐으며 일본식 교육을 받았다.

"장기적으로 우리가 일본을 노린다는 걸 알면 변심하거나 배신할 수도 있습니다. 지금부터 우리가 할 일은 그에게는 비밀로 해야 합니다."

"무슨 소리인지 알겠네."

유민택은 고개를 끄덕거렸다. 그리고 재차 입을 열었다.

"대동 문제는 알겠네만 일본 문제는 좀 궁금하군. 자네는 어쩔 생각인가?"

그는 노형진에게 소식을 전해 듣고 다급하게 회사에서 회의를 하고 온 참이었다.

그 덕에 회사의 중역들은 지금 이 순간이 최고의 기회라는 사실을 알아차렸다.

다른 기업들은 아직 이게 미칠 영향을 감지하지 못하고 주의하는 상황이니, 이때를 틈타 먼저 움직인다면 그들을 제치고 대동과 일본 경제가 먹은 부분을 선점할 수 있을지도 모른다.

"현재 각 국가에서 일본에서 일했던 사람들에 대한 내부 피폭 여부를 계속 조사 중입니다. 아마 곧 각국에서 공식적인 발표가 나올 겁니다."

다행히 야쿠자가 그곳에서 일했던 사람들의 신분과 연락처를 가지고 오는 데 성공해서, 그걸 바탕으로 전 세계에서 여기서 일했던 사람들에 대한 조사를 진행하고 있다.

"하지만 단순히 그것만 가지고는 일본의 고의성을 입증할 수 없지요."

"그건 그렇지. 일본이 제대로 움츠러들게 하려면 계획적이었다는 것을 증명해야 하지. 하지만 어떻게?"

유민택 생각에는, 아무리 일본이 막장 국가라고 하지만 이런 짓을 일본 정부 차원에서 했을 리가 없었다.

아니, 정상적인 국가라면 할 수가 없다.

그러한 행위는 인종 청소 행위이고, 현대 국가에서는 명백하게 전쟁범죄로 취급하는 행위다.

"후쿠시마에서 나오는 식자재를 일본에서는 어떻게 해서든 한국에 수출하려고 합니다. 아시죠?"

"그건 그렇지."

"그런데 한국 정부는 그걸 받아들이지 않고 있고요. 그러면 그 식자재들은 어디로 갈까요?"

"자네가 말하지 않았나, 단체 급식소라고."

노형진은 고개를 끄덕거렸다.

단체 급식소에 들어가고 있는 건 사실이다.

"하지만 우리가 알지 못하는 단체 급식소가 하나 더 있습니다."

"우리가 알지 못하는 단체 급식소?"

"네. 바로 식당이지요."

프랜차이즈 시스템을 갖춘 식당들.

그 식당들은 모두 상부에서 보내 주는 원자재로 음식을 해서 사람들에게 판다.

단체 급식은 아니지만, 실질적으로 많은 사람들에게 단체 급식을 하는 것이다.

"식당? 체인점들 말이군. 확실히 그렇군."

실제로 많은 일본 식당 체인들이 '먹어서 응원하자'에 참여한다며 후쿠시마산 쌀과 농산물 그리고 원자재를 사용하고 있다.

"그들에게 있어서 중요한 건 돈이니까요. 그런데 이 부분을 생각해 보셔야 합니다. 일반적으로 체인점들은 일반 식당들보다 쌉니다."

"당연한 거 아닌가?"

싸고, 맛은 평균적이며, 어딜 가나 무난하게 먹을 수 있는 곳. 그게 체인점의 강점이다.

한국으로 치면 어딜 가나 '극락김밥'이 있는 셈이다.

"그리고 그곳에서 먹는 사람들은 누굴까요?"

"일본 서민들 아닌가?"

"그건 그렇지요. 하지만 우리가 원하는 건 그게 아니라 국제적인 문제죠. 일반적으로 그런 곳에서 밥을 먹는 사람들은 다름 아닌 관광객들입니다."

특히 저가 관광을 온 한국인들이나 중국인들이 그런 체인 점에서 많이 먹는다.

식도락 여행이 아닌 이상에야 대부분의 사람들은 먹는 데 드는 비용을 줄여 보고 즐기는 비중을 늘리려고 하는 게 보통이다.

그런 사람들에게 있어서가 가장 좋은 식사처는 그러한 체인점이다.

"관광객들에 대해서는 단 한 번도 방사능 피폭 검사를 한 적이 없지요."

노형진은 씩 웃었다.

"허."

만일 방사능 피폭 검사를 하게 되면 어떻게 될까?

"한국뿐 아니라 외국인들은 아직 일본이 얼마나 위험한지 모릅니다."

일본에서는 방사능 검사를 하는 것이 불법이기 때문이다.

그러니 대부분의 일본 관광객들은 그래도 괜찮다고 생각하고 다녀온다.

사실 단기라면 괜찮을 수도 있다.

하지만 장기라면 어떨까?

"현재 일본에서 쉬쉬하고 있을 뿐, 도쿄도 국제 기준으로

피난 지역의 수치를 가지고 있습니다. 피폭을 피할 수는 없지요."

들어오는 원자재 같은 것에 대해서만 검사를 하지 일본 다녀온 국민에 대해서는 검사를 하지 않는 상황.

"그들에 대해 피폭 검사를 하게 된다면 상황이 꽤 재미있어질 것 같지 않습니까?"

아마도 전 세계적으로 일본은 극단적으로 고립될 것이다.

"아주 재미있군. 아주 재미있어."

유민택의 눈은 반달 모양으로 휘었다.

눈앞에 일본 시장이 떡하니 놓여 있으니 그는 이제 그곳을 먹을 생각만 하면 되니까.

"그리고 대룡은 사회적 기업이지요, 후후후."

대룡이 좋은 일을 하겠다는데 누가 뭐라고 하겠는가?

당연히 사람들은 몰릴 것이다.

"이제 우리 방식의 한류를 불러오자고요, 후후후."

⚖️

대룡은 얼마 후에 관광객들을 위한 무료 방사능 검사 시설을 만들었다.

물론 모두를 위한 것은 아니었다.

일본인 관광객, 특히나 장기 생활자에 대한 검사를 우선시

했다.

그리고 얼마 지나지 않아서 그 결과가 나왔다.

"내…… 내가 내부 피폭이라고요?"

얼굴이 창백해지는 남자.

그는 업무 때문에 일본에서 4개월을 살다가 왔다.

하지만 도쿄에서 생활을 했고, 후쿠시마 근처는 간 적도 없었다.

그런데 그의 검사 결과는 심각했다.

"내부 피폭이 확인되었습니다. 국제 안전 기준으로 네 배 이상의 방사능 수치가 확인되었습니다."

그는 털썩 주저앉았다.

온몸에 힘이 빠지고 정신이 아득해졌다.

"그, 그게 무슨 말씀입니까? 제가…… 제가 죽는단 말인가요?"

"죽을 정도는 아닙니다. 하지만 지금 방사능 치료를 하지 않으시면 추후 암으로 발전할 가능성도 분명 존재합니다."

의사는 심각한 표정으로 말했다.

"피폭 치료요?"

"네. 다행히 대룡에서 일부 지원을 해 드리기는 하지만 그 비용이 싸지는 않을 겁니다. 방사능 피폭 치료는 보험 대상이 아닌지라……."

의사는 약간은 안타까운 듯 말했다.

"적지 않은 돈이 깨질 겁니다."

"크흑흑……."

남자는 눈물을 흘렸지만 이제 와서 어쩔 수는 없었다.

"바로 날짜를 잡지요. 입원하시는 걸 추천드립니다. 방사능 치료가 쉽지는 않으니까요."

남자는 고개를 끄덕거릴 수밖에 없었다.

⚖️

얼마 후 언론에는 내부 피폭 기사들이 무서운 속도로 보도되기 시작했다.

일본 관광객, 일본에서 내부 피폭?

대룡 병원, 현재 백스무 명의 관광객이 내부 피폭이 확인되어 병원에서 치료 중이라고 밝혀

방사능 내부 피폭, 의료보험 대상 아니야. 1인당 최소 300만 원 이상 들 것으로 추정

일본에 다녀온 관광객들, 각 병원으로 찾아가서 방사능 검사 대란

검사까지 최소 3주 걸려

일본 여행, 90% 이상 취소되다

노형진이 노린 바는 정확하게 맞아떨어졌다.

보이지 않으면 사람들은 무시한다.

하지만 노형진은 이 문제를 대서특필했고, 반일 감정이 강한 한국과 중국의 언론은 열심히 관광객의 내부 피폭 문제를 떠들었다.

"이제 일본은 빼도 박도 못 하는 상황이 되었습니다."

"그런데 이건 좀 양심 불량 아닌가?"

"돈에 양심이 어디 있습니까? 애초에 일본에서 먼저 양심을 버렸는데."

내부 피폭이 있기는 하다.

하지만 사람들의 생각처럼 밥 한 끼 먹었다고 해서 당장 내부 피폭이 벌어지고 암에 걸리는 것은 아니다.

일정 기간 이상 주기적으로 먹어야 내부 피폭이 벌어지는데, 대부분의 관광객들은 그에 맞지 않는다.

"그런 사람들은 없거나 아주 약하잖나?"

"압니다. 하지만 우리가 거짓말을 했나요?"

"그건 아니네만."

대룡에서 거짓말을 한 적은 없다.

내부 피폭 여부만 알려 줬고, 내부 피폭이 있는 경우는 치료를 권할 뿐이었다.

"그게 아주 심한 치료만 아니라면 말이지요."

사실 아주 약한 내부 피폭의 경우는 요오드 치료를 통해 배출이 가능하다. 그러나 그 부분은 쏙 빼고 피폭자 수만 밝힌 것이다.

이것이 법이다

"이게 바로 숫자 놀음이지요."

"허허, 이거 참."

유민택은 입맛을 다셨다.

하지만 딱히 멈출 생각은 없었다.

농담이 아니라, 벌써 전 세계적으로 반反일본 기류가 퍼지기 시작했기 때문이다.

한국뿐만 아니라 중국, 러시아, 미국, 유럽까지 방사능 피폭 소식이 전해지면서 사람들이 여행을 취소하고 있었다.

"중요한 건 진실이 아닙니다. 공포죠."

여행객의 0.00001%라고 해도 내부 피폭을 당한 사람이 있다는 것. 그게 중요하다.

아마 수치만 보면 거기서 방사능으로 죽는 것보다 미국 여행을 갔다가 총에 맞아 죽을 확률이 더 높을 것이다.

"하지만 사람들은 그렇게 생각하지 않지요. 특히나 사건 초기에는요."

"하긴 그렇지."

"중요한 건 전 세계에 오해를 불러일으키는 겁니다."

그리고 그건 충분히 성공했다.

"대부분의 경우 사람들의 사회의식이 낮을수록 선동당하기 쉽습니다."

그리고 대동이 주로 진출한 곳이 그런 나라다.

"과연 그런 나라에서 이 사실을 안 후에 어떻게 반응할까요? 너무 기대되지 않습니까?"

노형진은 웃으며 말했다.

"이제 슬슬 그런 나라에서도 결과가 나올 겁니다. 그리고 일본은 아마 죽을 맛이겠지요."

대룡은 단순히 한국에서만 검사를 한 게 아니었다.

가난한 나라에서도 검사했는데, 그 나라에서는 당연히 더 높은 피폭 수치가 나왔다.

그들은 진짜 최소한의 돈을 들여서 여행을 하려고 하는 성향이 있었으니까.

그렇잖아도 일본 정부에 불리한 상황이었다.

일본에 갔다 온 사람들이 내부 피폭이라는 일을 당하는 것은 정상적인 상황에서는 있을 수 없는 일이었고, 그 방법은 단 하나, 먹는 것뿐이었다.

"우리가 미쳤다고 방사능을 먹입니까!"

신동성은 정치인들이 몰려오자 억울하다는 듯 외쳤다.

하지만 상황은 결코 그의 편이 아니었다.

"하지만 지금 상황이 그렇게 보이지 않습니까? 그쪽에서 일한 노동자들은 모조리 내부 피폭 증상을 보이고 있어요!"

"그건 아무래도 먹은 게 먹은 것이다 보니……. 애초에 우리 잘못도 아니지 않습니까? 지금 내부 피폭 문제가 터진 게 우리만 터진 게 아니지 않습니까?"

대동만 터진 게 아니다.

현재 터진 곳이 한두 곳이 아니다.

그런 곳에서 터진 일들을 모조리 막는 것은 불가능했다.

그러나 정치인들에게 중요한 것은 그 사실이 아니었다.

"전 세계적으로 일본에 대한 불매운동이 일어나고 있어요!"

"아니, 그걸 왜 나한테 따지냐고요!"

"당신네 회사가 가장 먼저 일을 터트리지 않았습니까!"

"우리가 뭘 어쨌다고!"

신동성은 기가 막혔다.

물론 자신들이 많은 돈을 빼돌린 것은 사실이다.

하지만 그건 어디까지나 서로의 거래에 의해 벌어진 일이었고, 신동성뿐만 아니라 다른 기업들 역시 이런 식으로 적지 않은 돈을 빼돌리는 것이 일본의 방식이었다.

"이번 사태로 인해 일본 정부는 곤혹스러운 상황입니다."

고의적으로 방사능을 먹였다는 헛소문이 돌고 있는 상황에서 유일한 해법은 그게 아니라 후쿠시마 농수산물로 인해 벌어진 사건이라고 이야기를 하는 것이다.

그런데 그걸 하려면 자국민들에게 한 거짓말, 그러니까 '모든 농수산물은 안전합니다.', '일본은 방사능으로부터 안전합니다.'라는 말이 거짓말이라는 걸 인정해야 한다.

결과적으로 어느 쪽을 선택해도 일본 입장에서는 곤혹스러울 수밖에 없는 상황이었다.

　"젠장⋯⋯."

　신동성은 입술을 깨물었다.

　자신에게 책임을 묻는 정치인들을 보면서 그는 알 수 있었다. 자신이 버려졌다는 사실을 말이다.

　"그래서 어떻게 되어 가고 있답니까?"

　"중국 정부에서 본격적으로 소송을 시작했네. 아마 중국뿐만 아니라 다른 나라에서도 소송을 시작할 거야."

　"뭐, 일본에서 하는 소송은 질 거라는 거 아시죠?"

　"알고 있네. 하지만 그럼으로써 우리가 들어갈 자리는 커지겠지."

　노동자로 간 사람들의 경우는 일단 각국 정부에서 할 수 있다.

　하지만 여행을 간 사람들의 경우는 대부분 본사가 일본에 있는 기업들이기 때문에 일본에서 재판을 해야 한다.

　물론 자기네 국가에서 할 수는 있지만 애초에 회사가 없으니 이긴다고 해도 결국 돈을 받아 낼 수는 없으니까.

　"그리고 일본 재판부의 성향을 보면 당연히 일본에 유리한

판결을 할 테니까요."

"그건 알고 있네."

"일단 대룡의 문제는 여기까지군요."

대룡은 이제 그들의 자리를 차지하기 위해 움직일 것이다.

"남은 건 대동, 아니 신동성이군요."

확실히 현재 신동성은 위험한 상황이다.

이번 사태로 인해 정치권에 제대로 찍혔고, 막대한 손해배상 소송에 연관되었다.

가장 큰 문제는, 중국 진출 계열사들이 심각한 타격을 입으면서 그의 리더십에 금이 갔다는 것이다.

특히 중국 쪽에 선이 많은 사람들은 공공연하게 신동우를 편들어 주기 시작하기도 했다.

중국 시장이 날아간 것은 그만큼 심각한 타격이었다.

"이 정도면 신동성에게 충분히 타격을 줬지요?"

"충분히요. 지금 신동성은 있는 돈 없는 돈 다 긁어모아서 중국에다가 밀어 넣고 있다고 하더군요."

신동하는 흡족한 얼굴로 말했다.

"그래서 신동우는 기분이 좋습니다. 사실 좀 위험한 상황이었거든요."

신동성이 이 문제를 해결하기 위해서는 최소한 5천억 이상의 자산이 들어가야 한다. 물론 그 과정에서 완전히 날아가 버린 중국이나 동남아 시장에 대한 복구는 배제하고도 말이다.

"이제 신동우가 역습을 한다고 하더군요."

"역습?"

"네. 그동안 자금이 부족해서 공격하지 못했지만 이제는 제대로 역습을 해서 신동성을 몰아내겠다고 합니다."

내전에서 능력 부족 혹은 리더십 부족은 심각한 문제를 일으킨다.

확실히 신동성은 근시안적이었다.

지금까지 일본 내부에서는 이 문제를 만만하게 보고 전혀 신경 쓰지 않았기 때문에 외국에서 소송을 할 거라고는 생각도 못 했을 테니까.

"그러면 이제 제가 해 드릴 수 있는 건 다 한 것 같지요?"

"100억 이상의 일을 해 주셨습니다."

단 한 번의 사건으로 완전히 뒤바뀐 전황.

"그러면……."

노형진은 더는 아무 말 하지 않았다.

하지만 신동하는 알고 있었다.

"슬슬 신동성에게 접촉을 해 보지요."

신동성과 신동우의 내전, 그걸 최대한 길게 끄는 것이 바로 신동하의 목적이다.

신동성은 불의의 반격으로 상황이 다급해졌다.

그러니 어떻게 해서든 반전을 이뤄 내려고 할 것이다.

"제법 쓸 만한 거래를 할 수 있을지도 모르겠습니다, 후후후."

신동하는 재미있다는 듯 웃었다.

그들의 내전은 이제 더욱더 심해지고 있었다.

청소부들

"이상해."

"뭐가요?"

자살의 현장. 그곳을 보면서 오광훈은 고개를 갸웃했다.

"아니, 그냥 이상해."

"오 검사님 또 이러신다."

오광훈과 함께 현장에 온 부하 한 명이 피식 웃었다.

"그럴 때마다 이상한 거 하나도 없던데요?"

"아니야. 이상해. 이건 이상해."

오광훈은 주변을 보면서 말했다.

2층짜리 주택에서 벌어진 자살 사건.

피해자는 2층 내부 계단참에 목을 매달고 자살했다.

그것 말고는 딱히 특이할 것도 없는 곳.

"이상해."

그러나 오광훈은 꺼림칙한 느낌이 들어서 주변을 둘러봤다.

딱히 이상한 것은 없다. 하지만 그의 신경을 긁는 게 있었다.

"오 검사, 또 뭐가 이상한데? 아오, 너 그러다 또 삽질하려
고 그러지?"

오광훈이 이상하다는 말을 하면서 주변을 계속 들쑤시고
다니자 함께 있던 검사 한 명이 툴툴거리면서 입을 열었다.

"오 검사, 자네가 무슨 느낌 같은 걸 중요하게 생각하는
건 아는데, 이건 누가 봐도 자살이라고."

"아니, 그건 아는데요."

딱히 이상한 것도 없는 상황이다.

그런데 이상하다는 생각이 오광훈의 머릿속에서 떠나지
않고 있었다.

"거참, 뭐 하는 짓인지 모르겠네."

동료 검사는 혀를 끌끌 찼다.

"네가 자꾸 그러니까 내가 여기까지 온 거 아니야. 사건
정리해야지."

원래 이 사건이 발생한 지는 제법 오래되었다.

그런데 오광훈은 사건 조사를 핑계로 현장 정리를 하지 못
하게 하고 있었다.

"그게 벌써 2주째야. 가족들이 불편해한다고."

"자기 남편이 죽었는데 지금 불편한 게 대수입니까?"

"그거야 일반 서민들 이야기지. 이런 곳에 사는 사람이 서민들이랑 똑같이 생각하겠어?"

선배조차도 툴툴거릴 정도로 위에서 사건을 정리하라는 부담이 강하게 내려오고 있었다.

그래서 그가 현장까지 오광훈을 찾아온 거고 말이다.

"일단 증거는 다 수집했잖아. 폴리스 라인 풀고 가족들 여기서 살게 해 주자고. 그쪽 입장에서는 호텔비만 해도 지금 얼마나 들었는데."

"아니, 모텔비라고 해 봐야 꼴랑 하루 5만 원인데 그걸 가지고 그래요, 돈도 많은 사람들이?"

"5만 원? 오 검사, 철이 왜 그렇게 없어? 여기에 사는 사람들이 거지도 아니고, 모텔에서 잘도 자겠다. 하루에 50만 원짜리 가야호텔에서 잔다더라. 벌써 2주야. 방 두 개 잡고 1,400만 원이나 썼다고."

"헐?"

오광훈은 질렸다는 표정이 되었다.

보통 그러면 친척 집을 가지 호텔에서 방 두 개씩 잡고 살지는 않는다.

"아니, 그 새끼들은 돈이 뭐 썩어 난대요? 왜 돈을 길바닥에 퍼붓고 산대요?"

"내가 알아, 인마? 어찌 되었건 정리하고 그냥 넘겨. 자살

아냐, 자살."

"자살이기는 한데요……."

오광훈은 영 찝찝했다.

물론 분명 자살로 보이기는 한다.

'하지만 꺼림칙하단 말이지.'

일단 그가 죽을 이유가 없다는 점.

물론 그건 개인적인 생각이다.

가족들 말로는, 가족들과 돈 때문에 사이가 틀어져서 우울해했다고 하니까.

'뭐, 돈이 이렇게 썩어 문드러지는데 죽는다는 게 난 이해가 안 가기는 하는데.'

오광훈은 스윽 집을 둘러봤다.

서울 한복판, 그것도 가장 비싸다는 신사동에 위치한 대지 200평, 건평 80평짜리 2층짜리 주택.

'나 같으면 죽을 때까지 쥐고 가겠네.'

그게 자기 명의인데, 자식들이 아무리 돈 때문에 깝친다고 한들 결국 그의 손아귀 안이다.

'검사가 아니라 내 과거의 경험이 말해 주고 있어.'

검사로서 본다면 확실하게 깔끔한 곳이다.

딱히 이상한 것도 없는 그런 사건.

하지만 과거 조폭으로서의 경험이 이곳은 비정상이라고 이야기하고 있었다.

"선배님, 하지만 이상한데요."

"아, 씨발. 작작 좀 하라고. 지금 유가족이 와서 장례를 치러야 하니 시체 내놓으라고 난리야. 너 진짜 장례도 못 치르게 할래?"

"끄응……."

오광훈은 머리를 긁적거렸다.

확실히 사건 자체가 이상해서 이곳을 유지하는 것은 어떻게 변명이 가능하지만, 무려 2주째 장례를 치르지 못하게 한 것은 욕먹어도 할 말이 없다.

한국에서 그런 문제는 아주 심각하게 받아들여지니까.

"말 좀 들어 처먹어라, 이 새끼야."

"하아, 알겠습니다."

오광훈이 수긍하는 듯하자 얼굴이 환해지는 선배.

하지만 그는 이내 한숨을 쉴 수밖에 없었다.

"새론 쪽에 도움을 청해 보고요."

"네가 그러면 그렇지. 아, 씁. 얀마. 꼭 그래야겠냐? 상부에서 새론에 도움 청하는 거 겁나게 싫어하는 거 알잖아? 그거 엄밀하게 말하면 규정 위반이야."

"알아요. 알지만, 아무래도 뭔가 이상합니다."

"그렇다 해도 뭐 어쩔 건데. 툭 까고 말해서, 지금 유가족들이 새론에 사건을 맡기겠냐?"

검사는 엄밀하게 말하면 새론에 사건을 맡길 수 없다.

그래서 사건이 이상하면 새론 라인의 스타 검사들은 정식으로 새론이 사건을 수임하도록 하는 편법을 써서 맡겨 왔다.

　"그런데 지금 여기 주인들은 그냥 빨리 정리하고 재산을 나누고 싶은 것뿐이라고."

　"그 사람들이 죽인 걸 수도 있잖습니까?"

　"지랄. 이미 알리바이 다 확인했잖아? 죄다 그 당시에 해외에 있었는데 무슨."

　"하지만 킬러를 쓴다거나⋯⋯."

　"너 영화 좀 작작 봐. 한국에서 무슨 킬러야?"

　오광훈은 쓰디쓴 미소를 지었다.

　동료 검사는 한국에 전문 킬러가 없다고 생각한다.

　하지만 그는 안다, 전문 킬러가 있으며, 생각보다 많이 이용되고 있다는 것을.

　본인이 그 세계에 몸담았던 사람이니까.

　"딱 사흘. 사흘 안에 살인이라는 증거를 찾겠습니다. 아니면 바로 손 떼겠습니다."

　오광훈은 진지한 눈빛으로 선배의 눈을 똑바로 바라보았다.

　선배는 그런 오광훈을 가만히 바라보더니 인상을 팍 썼다.

　"아, 개새끼. 진짜 말 더럽게 안 들어요. 좋아, 딱 사흘이다. 알았냐? 사흘 안에 정리하지 않으면 위에다가 말해서 담당 검사 바꿔 버릴 거야."

　"알겠습니다. 딱 사흘입니다."

그렇게 말하면서 오광훈은 굳은 표정으로 마음을 다잡았다. 그 모습을 본 선배는 이제 다 끝났다고 생각했는지 차분하게 시선을 돌렸다.

그때였다.

오광훈이 뭔가 생각난 듯 슬그머니 고개를 돌렸다.

"어…… 그런데……."

"또 뭔데?"

"지금 오후 4시니까 인간적으로 내일부터 사흘로 계산해 주시는 게……."

"이 개새끼가 진짜!"

오광훈을 노려보는 선배는 금방이라도 이마의 혈관이 튀어나올 것처럼 험악한 표정을 짓고 있었다.

⚖

"이게 자살 현장이라고?"

"그래. 그런데 왠지 꺼림칙하단 말이지. 누가 봐도 자살이지만."

정식으로 맡길 수는 없지만 그렇다고 해서 사건을 그냥 덮을 수도 없었다.

그래서 오광훈은 노형진에게 현장의 사진을 가지고 왔다.

"흠……."

노형진은 사진들을 뚫어지게 바라보면서 분석하기 시작했다.

"확실하게 깔끔한 자살 현장이네."

"역시 내가 이상한 건가?"

오광훈은 머리를 긁적거렸다.

"에이, 씨발. 검사가 되니까 감이 영 이상해. 뭐 영화처럼 감춰진 자살 사건이 있는 것도 아닐 텐데."

피식 웃고 마는 오광훈.

"가서 한번 욕 거하게 먹고 종결 처리해야겠다."

오광훈이 주섬주섬 막 사진들을 챙기려는 찰나. 노형진은 그런 그에게서 사진을 빼앗았다.

"뭐야?"

"내가 말했잖아, 깔끔한 자살 현장이라고."

"그러니까. 자살이라며?"

"자살이라고 한 적은 없어. 자살 '현장'이라고 했지."

"같은 거 아니야?"

"아니야."

노형진은 고개를 흔들었다.

그 둘은 비슷해 보이지만 실제로는 전혀 다르다.

"자살은 스스로 죽은 거지. 하지만 자살 현장은 자살로 보이는 것뿐이야."

"그게 그것 같은데?"

"거의 비슷해. 하지만 말이야, 이게 영 꺼림칙해."

"뭔데?"

"의자."

노형진은 의자를 가리키면서 말했다.

의자를 놓고 올라가 천장에 매단 줄에 목을 맨 뒤 의자를 발로 차서 자살한, 뻔한 방식.

"의자잖아? 원래 거기 주방에 있던 의자야. 딱히 이상할 게 없는데."

"그건 그렇지. 현장에 있는 걸 썼을 테니까. 흠, 이건 좀 곤란한데."

"뭔 소리야?"

"이거 말이야, 조작된 현장 같아."

"뭐?"

노형진은 사진을 보면서 심각한 표정을 지었다.

그럴 수밖에 없는 게, 너무 깔끔했으니까.

물론 굳은 결심을 하고 자살했다면 뭐 딱히 이상할 것은 없다.

하지만 그걸 감안한다고 해도, 이 현장은 너무나 자살처럼 보였다.

"이 의자가 쓰러진 방향을 봐."

"그게 왜?"

"거꾸로 놓여 있어."

"이해가 안 가는데?"

"음…… 이걸 의자라고 하자. 아니, 의자가 맞기는 하네."

노형진은 자리에서 일어나서 자신이 앉아 있던 업무용 의자를 움직였다.

"이거 바퀴 달렸으니까 잡고 있어 봐. 아니, 나 말고 의자를 잡으라고, 좀!"

한참 툴툴거리는 노형진.

오광훈이 제대로 의자를 잡자 노형진은 신발을 벗고 그 위로 올라갔다.

"지금 의자가 쓰러진 방향을 보면, 그 사람이 등받이가 정면에 향하도록 의자를 놓고 그 위에 올라섰다고 볼 수 있어."

정면에 등받이가 있는 형태의 노형진의 의자.

그 위에 올라간 노형진은 조심스럽게 방향을 잡았다.

"그리고 보다시피 나는 그 위에서 목을 매달았지."

"그런데?"

"여기서 문제. 이 상태에서 내가 자살하려면 의자를 어떻게 해야 할까?"

"그거야 발로 차겠지."

"어느 방향으로?"

"당연히 앞쪽으로…… 어라?"

오광훈은 노형진이 말하는 게 뭔지 알아차렸다.

분명 의자가 쓰러진 방식으로 보면 등받이가 앞쪽에 있는 형태로 되어 있어야 한다.

의자에 있는 등받이가 무게중심 역할을 하니 당연히 그쪽으로 넘어가야 정상이다.

"그런데 옆으로 쓰러져 있네?"

목이 매달린 사람 입장에서 왼쪽으로 쓰러져 있는 의자.

"생각을 해 봐. 사람의 관절은 앞이나 뒤로 움직이지 옆으로 움직이지는 않아. 보통은 앞으로 의자를 차지. 더군다나 이 사진의 의자는 등받이가 앞쪽으로 되어 있어. 그 말은, 등받이를 앞으로 두고 올라가서 목을 맨 다음에 그 등받이를 앞으로 차는 게 일반적으로 쓰는 방법이라는 거야. 그런데 이 사진을 봐. 사진 속의 의자는 왼쪽으로 상당히 떨어져 있어. 이 정도 거리까지 보내려면 제법 강하게 차야 하는데, 관절의 구조상 그러기는 쉽지 않거든. 이렇게 하려면 좌우로 흔들어야 하는데, 좌우로 흔드는 것은 사람들의 일반적인 움직임을 생각하면 상당히 부자연스럽지. 더군다나 이 정도로 멀리 떨어뜨리려면 한두 번 흔드는 게 아니라 거의 좌우로 몇 번 흔들어서 반동을 준 상태에서 차야 하는데, 당장 죽으려고 하는 사람이 좌우로 반동까지 줘 가면서 의자 쓰러트리는 데 신경 쓸 리가 없어. 세상에 자기가 자살하는데 골반까지 움직이면서 의자를 의식적으로 옆으로 쓰러트리는 사람이 어디 있어?"

아마 대부분의 사람들은 앞이나 뒤로 의자를 쓰러트리면서 자살할 것이다.

"그런가?"

"그래. 확실히 옆으로 쓰러진 의자는 좀 이상하기는 하지. 정확하게 말하면……."

노형진은 사진을 뚫어지게 바라보았다.

"의자 자체가 말도 안 되는 소리지만."

"그건 또 뭔 소리야? 아, 쓰벌. 이제는 살인이 아니라 뭐 킬러라도 왔다는 거야?"

"그런 것 같은데."

"뭐?"

"이 집의 구조를 봐. 2층 구조고, 내부에 계단도 있고 난간도 있어."

"그런데 뭐?"

"음…… 넌 잘 모르겠구나. 보통 교수형이 어떤 방식으로 이루어지는지는 알지?"

"목매달잖아."

"그러면 사인은?"

"질식이지. 내가 바보인 줄 아나?"

노형진은 오광훈의 말에 머리를 흔들었다.

"그건 대부분의 사람들이 하는 착각이지."

"뭐?"

"질식처럼 보이지만 사인은 골절이야."

"그게 무슨 소리야?"

"질식사와 교수형은 전혀 다르다는 거지."

물론 목매다는 과정 자체는 똑같다.

하지만 교수형과 질식사는 죽음으로 가는 과정이 다르다.

일단 일반적으로 목을 매달고 자살하는 행동은 목을 졸라서 질식사하는 게 맞다.

자살자들이 많이 쓰는 방식이며, 또한 과거에 미국에서 KKK단 같은 놈들이 흑인을 죽일 때 쓰던 방식이다.

"하지만 교수형은 달라."

교수형은 낙차를 이용해서 체중과 중력의 힘으로 목뼈를 부러트려 즉사시키는 방식이다.

그래서 대부분 교수대를 높은 곳에 둬서, 버튼을 누르면 사형수의 몸이 아래로 쑥 꺼지면서 중력의 힘을 그대로 받는 구조로 되어 있다.

"그런데 그게 이번 사건과 무슨 관계야?"

"죽는 과정은 당연히 고통스러워. 특히 질식사는 더더욱 그렇지."

천천히 숨이 막혀 가는 그 고통은 상상 이상이다.

"그런데 말이지, 목이 부러지면서 죽는 건 훨씬 고통이 덜하지."

"그런데?"

"생각해 봐. 2층에서 목에 끈을 걸고 뛰어내리면 충분히 목을 부러트릴 수 있어. 그런데 왜 군이 의자를 가지고 와서 자살할까?"

"어…… 그러네."

설사 그걸 몰랐다 하더라도, 2층에서 뛰어내리는 것이 훨씬 간단하고 빠르다. 의자를 가지고 와서 굳이 매달리기 위해 노력할 필요가 없다.

"그리고……."

노형진은 시신을 찍은 사진을 들었다.

"이 사람의 손과 목을 봐."

"응? 손과 목이 왜? 깨끗하잖아."

"내 말이 그거야."

자살을 하는 사람은, 특히 목이 매달리는 순간 사람은 본능적으로 끈을 잡아당겨서 숨통을 확보하려고 한다.

그건 사람의 의지의 문제가 아니라 본능의 문제다.

의지만으로 막을 수 있는 게 아니라는 소리다.

"그런데 이 피해자의 손은 너무 깨끗해."

자살에 쓴 도구는 어디서나 흔하게 볼 수 있는 나일론 줄, 소위 말하는 빨랫줄이다.

"이런 끈은 아주 깊숙이 파고들지. 당연하게도 손은 살에 파고든 줄을 빼기 위해 더 깊숙이 파고들어."

그래서 정상적인 상황이라면 목에 그 손가락 자국이 남고, 심하면 자기 손톱에 자기 살이 끼어 있기도 한다.

"하지만 이 사진에는 아무것도 없지."

정확하게 목을 맨 자국만 있다.

"이건 이 사람이 목을 맬 당시에 손을 쓸 수 있는 상황이 아니었다는 걸 의미해."

"으음……."

오광훈은 그제야 자신이 왜 자꾸 이상하게 생각했는지 알아차렸다.

"기억났다."

"뭐가?"

"내가 아는 놈이 자살했었어. 아, 회귀 전에."

그때 그 녀석도 똑같은 방식으로 자살을 했다.

그리고 그 시신은 목에 온갖 흉터가 나 있었다.

자신도 모르게 손으로 목을 조이는 끈을 당기려고 하다 보니 생긴 흉터였다.

"그런데 이 사람은 목이 깨끗하네, 진짜."

목을 조른 끈의 흔적만 남아 있는 시체.

그리고 저항한 흔적도 없는 손가락.

"이건 확실히 이상한 거지."

의자야 어떻게 말이 된다고 해도, 목에 흔적도 없다는 것은 상식적으로 말이 안 된다.

그건 인내의 영역이 아니라 본능의 영역이니까.

"검시관은? 아무런 말도 없어?"

"검시관도 그냥 깔끔한 자살이라고만 했어."

"깔끔한 자살이라……. 검시관이 자살 시체를 별로 본 적이 없나 보군."

깔끔한 자살이라는 건 없다.

모든 자살에는 나름의 고통이 있다.

"보통 초보 검시관들은 저항의 흔적이 없으면 자살로 처리하는 경향이 있기는 하지."

노형진은 머리를 긁적이면서 말했다.

"거기 아직 안 치웠다고 했지?"

"아직은 안 치웠어."

"혹시 가 볼 수 있을까, 비공식적으로?"

"비공식적으로?"

"그래. 우리가 정식으로 위임받은 게 아니니 공식적으로는 갈 수가 없잖아."

"그건 그러네."

오광훈은 고개를 끄덕거렸다.

비공식적으로라면 충분히 현장에 들여보내 줄 수 있다.

물론 만일에 대비해서 신발이나 장갑은 끼어야겠지만 말이다.

"사흘 이내에 살인의 증거를 찾아오라고 하니 별수 없지, 뭐."

오광훈은 바로 자리에서 일어났다.

"어디 비싼 집 한번 구경해 보자고."

그들이 도착했을 때 집은 여전히 그대로였다. 폴리스 라인이 쳐진 상태에서 누구도 들어가지 않았으니까.

오광훈이 문을 열고 들어가자 노형진은 그 뒤를 따르면서 주변을 둘러봤다.

"피해자 이름이 뭐라고 했지?"

"곽성수. 나이는 65세. 서울에서 사업을 하던 사람이야. 총자산은 대략 350억 정도이고."

오광훈은 노형진에게 대략적인 정황을 설명했다.

그리고 그 이야기를 들으면서 노형진은 더 기가 막혔다.

"65세에 자살이라고?"

"그래, 좀 이상하기는 하지만."

"특이 사항은 없고?"

"딱히 없는 것 같던데. 그냥 자식들이 돈 가지고 싸운다 정도? 그런데 이 정도 재산 가지고 있으면 안 싸우는 게 더 이상한 거 아닌가?"

"그건 그렇지."

노형진은 고개를 끄덕거렸다.

하지만 그렇다고 해도 말도 안 된다. 자식들이 하루 이틀 그런 것도 아니었을 테니까.

"혹시 자식들에게 재산을 주거나 한 건……?"

"자식이 세 명인데, 각각 20억씩 줬어."

"20억?"

"그래."

적지 않은 돈이기는 하다.

"세 자녀 다 결혼을 했으니까 자립비로."

"이해가 가는데 말이지."

노형진은 머리를 벅벅 긁었다.

그 정도 돈을 척척 줄 수 있는 사람이, 단순히 자식들이 돈 때문에 싸운다고 자살을 한다?

"더군다나 그 인간들에게 준 돈은 일부잖아."

대부분의 재산은 여전히 사망자인 곽성수에게 속해 있었다. 그러니 싸운다고 해도 그들이 곽성수 앞에서 크게 싸울 이유는 없다.

"아내는?"

"아직 살아 있고, 현재 60세."

즉, 객관적으로 봤을 때 자살할 이유가 전혀 없는 사람이다.

"그런데 자살이라……."

노형진은 착잡한 표정으로 방 안을 살폈다.

확실히 깨끗하고 호화로운 집.

딱히 이상할 게 없어 보이는 공간.

하지만 노형진은 이런 공간을 알고 있었다.

미국에서 한번 봤으니까.

물론 이 공간을 봤다는 게 아니다. 정확하게 표현하자면 이런 식으로 된 공간을 봤다는 것이다.

"청소된 거군."

"청소? 무슨 청소? 나 청소 업체 부른 적 없는데? 아, 설마 유가족들이? 아, 씨발. 개새끼들. 검사를 무슨 동네북으로 아나?"

발끈하는 오광훈. 노형진은 그런 그를 손을 들어서 말렸다.

"장난하지 말고. 너도 알 거 아냐? 자살로 꾸며 주는 새끼들 없어?"

"어…… 음…… 소문이야 들었지. 하지만 난 잘 몰라. 너도 알다시피 내가 이끌던 조직에서는 그런 쪽으로는 절대 손대지 않았거든."

"그럼 그런 조직을 알기는 한다는 거네?"

"뭐, 소문이야 들었지. 정확하게는 청소만 해 주는 게 아니라 살인부터 해 주는 놈들이 있다는 거였어."

"그래서 실체를 본 적은?"

"없지. 애초에 소문만 무성하지 진짜로 존재하는지도 확실하지 않은 곳들이잖아."

"범죄 조직으로는 그렇지. 그런 작업은 생각보다 세심하거든."

노형진은 눈을 살짝 찡그렸다.

'청소부'는 상당히 세밀한 직업이다.

그냥 그럴듯하게 자살한 것처럼 꾸미기에는, 현대 과학기술은 상당히 발달했다.

　즉, 청소를 한다는 것은 반대로 그 현장에서 어떤 식으로 조사가 이루어지며 어떤 검사가 이루어지는지 알고 있어야 한다는 뜻이다.

　"보통 그런 곳을 운영하는 건 국가야."

　"뭐?"

　오광훈은 순간 움찔했다. 국가 단체에서 청소부를 동원한다는 건 금시초문이었으니까.

　"농담이지?"

　"농담이라…… . 애석하게도 아니야. 일반 조직은 청소를 하는 데 한계가 있거든. 네가 아는 청소부들도 전문적이지는 않을 거야."

　일반 조직은 킬러를 많이 사용한다.

　그러나 킬러가 자살로 위장하는 경우는 드물다.

　가끔 사고로 위장할 수도 있지만, 사고로 위장하는 것과 자살로 위장하는 건 난이도가 전혀 다르다.

　"그런데 자살로 위장했어. 일반적인 조직은 이런 거 못해."

　물론 미국에는 그런 조직이 몇몇 있기는 하다.

　전문 청소 팀을 운영하는 갱단이나 반사회단체들 말이다.

　"하지만 그런 곳은 멤버 수가 최소 1천 명 이상 되는 집단이야. 생각해 봐, 사건을 조작하려면 얼마나 많은 노력이 필요할지."

외부인을 감시할 사람들이 필요하고, 내부에서 청소를 하는 사람도 필요하다.

그런데 그 내부에서 청소를 하는 사람은 법의학적 지식을 가지고 있어야 한다. 그래야 깔끔하게 청소를 할 수 있으니까.

그뿐만 아니라, 청소를 하러 가는 과정에 드러날 동선도 가릴 수 있어야 한다.

그 말은 경찰 내부에 정보원이 있어야 한다는 거다.

당장 청소에 돌입해야 하는데 발로 걸어 다니며 주변 CCTV의 위치를 확인할 수는 없으니까.

"지금 같은 경우야 자살로 위장한 걸로 보이니까 난이도가 낮지만, 피가 있거나 하면 이야기가 좀 달라지니까."

"하지만…… 뭘 보고? 그냥 깨끗한데."

"그래서 내가 의심하는 거야."

아무리 깨끗한 사람이라고 해도 살다 보면 어느 정도 어지럽힐 수밖에 없다.

물론 그 사람이 결벽증을 가지고 있다면 또 모르지만.

"그런데 이 현장을 봐."

아주 깔끔하다. 흐트러진 공간이 전혀 없다.

"청소부가 자주 와서 청소할 수도 있잖아? 사실 이런 집에서는 가정부를 쓰는 게 보통 아니야?"

"그건 그렇지. 그런데 말이야, 이거 신고한 사람이 누구?"

"아……."

최초 발견자는 가정부. 그리고 신고자도 가정부.

"너 같으면 시체가 있는데 거기서 청소하고 있겠냐?"

"아……."

"그리고 말이야, 생각을 해 봐. 가정부에게 청소를 맡기는 사람이 평소에 깨끗하게 치우고 살까?"

그럴 리가 없다.

어차피 가정부가 있으니까 크게 눈에 띄지 않는 쓰레기는 그냥 두게 된다.

"그리고 말이지."

노형진은 오광훈을 데리고 어디론가 향했다.

그곳은 다름 아닌 2층에 있는 다른 식구의 방이었다.

"이곳이 왜?"

"제법 다르지 않아?"

"제법 다르네."

확실히 치워지지 않은 공간이다.

더럽다고 할 정도는 아니지만 정리가 안 되어 있고 시트도 구겨져 있으며 무엇보다도 여기저기 구겨진 쓰레기가 있다.

"하지만 계단이 있는 마루 쪽은 깨끗해. 왜 그럴까?"

"그, 글쎄. 청소부들이 일하기 귀찮았나?"

"그럴 리가."

노형진은 어깨를 으쓱했다.

그런 사람이라면 청소부를 못 한다.

"청소부도 사람이니까, 여기저기 들쑤시고 다니다 보면 스스로 증거를 흘릴 수도 있거든."

그렇다 보니 확실하게 청소해야 하는 공간, 그러니까 살인이 벌어진 공간만을 청소한다.

정확하게는 살인자의 동선 부분에 집중하는 것이다.

"여기 말고 또 달리 깨끗한 곳이 있어?"

"깨끗한 곳…… 으음……."

오광훈은 잠깐 고민하다가 고개를 끄덕거렸다.

"서재. 확실히 깨끗해 보이기는 하더라."

"가 보자."

노형진은 다시 1층으로 내려가서 서재로 들어갔다.

서재는 딱히 어지를 만한 물건이 없다.

그리고 벽의 서가에 가득 꽂힌 책들.

노형진은 주변을 스윽 보다가 책상 위에 놓여 있는 신문을 바라보았다.

"사건이 벌어진 날이 2주 전이라고?"

"그래."

"신문 날짜를 봐."

"신문……. 그러네. 2주 전이네."

2주 전 신문. 그것도 경제면이다.

어떤 것도 손대지 못하게 했으니 이건 그대로 있을 수밖에 없다.

"자살하려고 하는 사람이 그날 신문을 보지는 않지."

여러모로 타살로 보이는 정황이 나오고 있었다.

노형진은 그걸 보면서 혀를 끌끌 찼다.

"이런 상황을 보면 말이지, 이건 아무리 봐도 살인이야."

"하지만 누가? 가족이?"

"그건 아닌 것 같아. 너무 전문적으로 죽었어."

자살이야 위장할 수 있다.

하지만 자살 이후에 청소하는 방식은 전혀 다르다.

전문가가 아니라면 절대로 이런 식으로 청소하지 못한다.

"더군다나 가족들은 가정부가 언제 오는지 알고 있어. 만일 죽이려고 한다면 가정부가 없는 시간에 죽이려고 했겠지. 최대한 발견을 늦추는 방식으로 말이야."

"하긴 애초에 가족들은 그 당시에 다 해외에 있었으니까."

결과적으로 누구도 죽이거나 할 이유가 없다.

설사 가족이 죽였다고 해도, 이 정도로 깔끔하게 청소할 수 있는 인원을 살 수는 없다.

돈이 문제가 아니라 한국에는 이런 청소 팀이 없으니까.

미국에서도 청소 팀을 운영하는 조직은 극히 드물고, 결코 외부로 돌리지 않는다. 그 존재 자체가 어떻게 보면 킬러보다 더 보안 대상이니까.

"그러면 남은 건 국가에서 죽였다는 건데……."

오광훈은 말을 하면서도 말도 안 된다는 표정이 되었다.

그럴 수밖에 없는 게, 죽은 이가 딱히 정부의 미움을 받거나 표적이 될 일은 없었기 때문이다.

"그가 하는 사업이 뭐 보안과 관련된 중요한 사업인가?"

"아닌데. 건물 임대업이야."

"혹시 그 건물을 사는 데 들어간 돈이 뭐 부정한 돈이라거나?"

"이미 그쪽도 알아봤지."

혹시나 그렇게 번 돈이라면 원한이 있는 사람이 있을 수도 있으니까.

"하지만 그것도 정상적인 돈이야. 할아버지 대부터 내려오던 땅이 재개발된 것뿐이라서."

"그러니까 딱히 원한을 살 일이 있는 것도 아니고 돈을 원해서 한 살인도 아니라는 건데……."

노형진은 팔짱을 끼고는 턱을 문질렀다.

현 상황에서는 그가 죽을 이유는 없다.

'청소부라……'

노형진은 곰곰이 생각에 빠졌다.

정부라는 조직. 그리고 그들이 운영하는 비밀 집단.

'돈? 아니야. 돈이 없어서 암살을 한다는 건 말도 안 돼. 그러면 그에게서 뭔가를 빼앗기 위해서? 그럴 거면 그를 죽이는 게 아니라 그의 가족을 대상으로 협박을 하거나 해야 해. 그게 정상이야.'

노형진은 고민을 하면서 머리를 부여잡았다.

'결국…… 이권. 하지만 이권은 아니다.'

그러면 남은 건 하나뿐이다.

정보. 정부가 가장 두려워하는 것.

돈으로는 국가를 뒤집을 수 없다. 하지만 정보는 때때로 국가를 뒤집을 수 있다.

그렇기에 그런 정보를 쥐고 있다는 것은 아주 위험하다.

'하지만 이해가 안 가는데.'

그는 딱히 비밀을 가질 만한 자리에 있지도 않았다.

오광훈의 자료에 따르면 그는 공직에 있지도 않았고, 그렇다고 정치권에 선이 있는 것도 아니었다.

그는 평범하게 살았고, 적당히 돈을 번 후에는 한량으로 살았을 뿐 딱히 뭔가를 하기 위해 노력하거나 정치인이 되려고 한 적도 없었다.

"그가 우리가 알지 못하는 다른 직업을 가졌을 가능성은?"

"전혀 없다고 보이는데."

오광훈은 머리를 긁적이며 말했다.

"카드 내역이나 생활 패턴이 너무 뻔해."

일어나서 신문을 보다가 나가서 동네 유지 모임에 들렀다가 그 후에 스크린 골프장에 가서 시간을 보내고 간간이 필드에 나가서 골프를 친다.

딱히 정보 같은 걸 얻을 수 있는 기회 같은 건 없다.

"그러면 말이 안 되잖아, 아무리 그래도 청소 팀까지 동원해서 살인을 한다는 건?"

"그건 그런데."

오광훈의 말에 노형진은 머리를 긁적거렸다.

"아니, 도대체 뭐가 문제인 건데? 늙은이가 뭐 원한을 살 일이 있어, 뭐가 있어?"

이건 여러모로 말도 안 되는 일이다.

국가의 청소부는 국정원 소속일 수밖에 없다. 그런데 그들이 나서서 개인을 살해한다?

'나 때는 가해자가 대통령의 사돈이라서 그랬다고 이해라도 하겠는데.'

곽성수의 자식들은 이미 다 결혼했다.

며느리나 사위도 나름 잘사는 집의 자식들이기는 하지만 국정원까지 동원될 정도의 집안은 없었다.

'도대체 왜?'

노형진은 이해가 가지 않았다.

"일단 현장은 봤으니 피해자를 직접 보고 싶은데."

"피해자? 아직 확실한 것도 없는데 그렇게 부르는 건 좀 아니지 않냐?"

"그건 그렇지. 하지만 그것 말고도 다른 게 있기 마련이거든."

노형진은 차분하게 말했다.

"일단 피해자를 보고 나중에 이야기해 줄게."

"알았어."

오광훈은 고개를 끄덕거렸다.

⚖️

"이거 규정 위반인데요."

검시소의 부검의는 곤란한 듯 말했다.

"에이, 우리 사이에 뭘."

"아니, 오 검사님. 우리 사이 운운하실 게 아니라 다짜고짜 변호사를 데려오시면……."

"그런다고 해서 뭔 일 나는 거 아니잖아? 어허, 넣어 둬, 넣어 둬."

"아, 진짜."

부검의는 오광훈이 주머니에 밀어 넣는 걸 보고 눈을 찌푸렸다.

"누가 보면 뇌물이라도 주는 줄 알겠습니다."

"응? 뇌물인데?"

"무슨 뇌물이 귤 두 개예요?"

부검의는 툴툴거리면서도 결국 오광훈을 데리고 안으로 들어갔다.

"오 검사님이 자살이 아니라고 우겨서 아직까지 시신을 보관하고 있기는 하지만, 진짜 적당히 하시죠."

"아니, 나도 아는데, 지금 자살이 아니라는 확실한 증거가 나왔어."

"네?"

부검의의 얼굴이 핼쑥해졌다.

"그, 그럴 리가 없는데요? 분명히 제가 부검을 했을 때……."

"전문가들은 그걸 쉽게 속일 수 있습니다."

"네?"

갑자기 노형진이 끼어들어서 말하자 부검의는 그를 바라보았다.

"전문가라니요?"

"전문 살인자들, 그러니까 킬러들 말입니다. 그들은 부검이 어떻게 이루어지는지 압니다. 명확한 살인의 흔적이 없으면 대부분의 부검이 요식행위로 넘어간다는 걸 알지요."

물론 그러면 안 된다.

하지만 한국의 국과수는 고질적인 인력 부족 문제를 겪고 있다.

특히나 부검의 같은 경우는 결국 의사가 해야 하는데, 의사는 한국에서도 어마어마한 돈을 버는 직업이다.

그런 그가 모든 걸 포기하고 부검의를 하게 되면 결국은 공무원이 되는 건데, 공무원이 되면 돈을 못 번다.

그렇다고 실력이 떨어지는 사람을 부검의로 쓸 수는 없다.

부검의는 어지간한 사람보다 훨씬 지식이 많아야 하니까.

쉽게 말해서 능력이 있는 의사가 돈을 포기하고 명예만을 추구하면서 자신을 희생해야 하는 게 부검의다.

그렇다 보니 부검의가 부족한 것이 고질적인 문제가 되어 대부분의 부검은 제대로 이루어지지 않는다.

특히 자살인 경우는 더더욱.

"하지만 타살의 징후는 없었는데."

부검의는 당혹감을 감추지 못했고 노형진은 그에게 상황을 대충 설명해 줬다.

"목의 상처부터 이상한 게 많지요."

노형진의 설명에 부검의의 얼굴이 어두워졌다.

자신이 경험하지 못한 부분이었으니까.

"죄송합니다. 제가 아직 초짜라⋯⋯."

"결국은 배우는 거지요. 일단은 제가 한번 피해자를 보도록 하지요."

부검의는 고개를 끄덕거린 뒤 노형진과 오광훈을 데리고 안치실로 향했다.

그리고 그곳에서 다른 사람들 모르게 시신을 꺼내서 확인을 했다.

"무척이나 깨끗하군요."

노형진은 시신을 보며 말했다.

시신에는 딱히 저항의 흔적도 없었다.

"확실히 말씀하신 대로 목에 상처가 없군요."

완벽하게 깨끗한 시신.

"확실히 자살로 보이기는 하지만……."

노형진은 시신의 목을 확인했다.

목에 길게 이어져 있는 선. 그 선은 확실히 목을 졸린 흔적으로 보인다.

"하지만 이것도 말이 안 되는군요."

"어떤 게 말인가요?"

"제가 알기로는 의자를 이용해서 자살했다고 들었습니다. 아닌가요?"

"맞습니다. 의자를 이용했지요."

"그러면 목을 매달 때 그 흔적이 남아야 합니다."

목을 매달면 바로 축 늘어지는 게 아니라 본능적으로 죽음의 고통으로부터 벗어나기 위해 온몸을 뒤튼다.

그 점을 감안하면 목의 흔적은 이렇게 명확한 형태가 아닌, 약간 뭉개지고 쓸린 형태가 되어야 한다.

"그런데 명확하다?"

"간단합니다. 매달리는 순간 의식이 없었다."

의식이 없으니 저항도 못 하고, 저항을 못 하니 목의 상처도 흔들리지 않아서 고정되는 것이다.

"결과적으로 누군가가 피해자를 기절시킨 상태에서 목을 매달았다는 거지요."

노형진은 그 자국을 보면서 혀를 끌끌 찼다.

"그런 점에서 이번 사건은 명백하게 살인입니다."

부검의는 입술을 깨물었다.

자신의 실수라는 걸 인정하는 게 쉽지는 않았으니까.

"하지만 약물검사를 이미 했습니다. 기절시켰다면 분명 그 약물의 흔적이 있을 수밖에 없을 텐데요?"

"그게 보통 사람들의 생각이지요. 하지만 전문적인 훈련을 받은 사람은 약물 없이도 기절시킬 수 있습니다."

뒤에서 목을 잡고 목에서 뇌로 올라가는 경동맥을 30초 정도만 꾸욱 누르면 사람은 그대로 기절한다.

좁게 누르면 그 자국이 남겠지만, 넓게 누르면 아무 흔적도 남지 않는다.

"그 상황에서 목을 매달았다면 당연히 저항도 못 하지요."

노형진은 심각한 얼굴로 말했다.

"다시 말해서 이 일을 한 사람이 전문적인 훈련을 받은 사람이라는 걸 의미합니다."

부검의는 눈을 찡그렸다.

그 또한 의학적으로 그게 가능하다는 건 안다.

하지만 의학적으로 아는 것과 그 지식을 실전에서 쓰는 것은 전혀 다르다.

상대방이 아무리 노인이라고 하지만 그가 그냥 당해 줄 리는 없으니 결국 서로 어느 정도 싸워야 한다.

그런데 피해자를 제압해 기절시킨 다음 목매달고 청소까

지 했다?

"이건 명백하게 살인입니다. 누구 짓인지는 모르지만요."

굳이 부검의에게는 말해 주지 않았지만 노형진은 사실 한국에서 이런 암살을 할 수 있는 조직은 하나뿐이라는 걸 알고 있었다.

부검의는 굳은 표정으로 노형진을 쳐다보았다.

"이 사건에 대해 전반적인 조사를 다 해 보겠습니다."

"알겠습니다."

노형진은 다시 시신을 부검의에게 맡기고는 그곳을 나왔다.

"이제 확실해졌어. 이건 자살이 아니야. 자살처럼 보이도록 만들어진 암살이지."

"하지만 누가? 왜?"

"그게 나도 의문점이야."

전혀 죽을 이유도 없는 사람이 죽었다.

그런데 그 이유를 감도 잡지 못하고 있다.

"결국 그가 가진 비밀이 원인일 수밖에 없는데."

"그 비밀이 뭔지 알 수 있을까?"

"찾아봐야지."

노형진은 눈을 찌푸리며 말했다.

"그게 쉬울 것 같지는 않지만 말이야."

비밀은 때로는 비밀이 아니다

"아, 씹!"

오광훈은 곽성수에 대한 온갖 서류를 살폈다.

하지만 진짜 목숨이 달려 있을 만한 자료는 전혀 없었다.

"땅 팔아서 부자가 된 거 말고는 전형적인 일반인이야. 정치권은 구경도 안 했다고."

전혀 죽을 이유가 없었다.

"이거 공식적인 서류지?"

"그래, 공식적인 서류야."

"피해자 유가족이 준 건?"

그나마 다행인 건 피해자 유가족이 살인 사건임을 충분히 알아듣고 위임을 해 줬다는 것이다.

"개인적 자료는?"

"개인적 자료도 없어."

개인적 자료라고 해 봐야 결국 사진이나 몇 장의 서류가 다였다.

하지만 서류도 공식적 기록과 딱히 다를 게 없었다.

그는 그저 평범하게 살아온 사람이었다.

"결국 우리가 사정을 확인할 수 있는 건 사진 정도라는 건데……."

노형진은 사진을 뒤적거렸다.

그리고 사진을 보면서 입맛을 다셨다.

가족사진들, 그리고 젊을 적의 사진들.

딱히 이상한 건 없는 사진들이었다.

"도대체 정부에서 두려워서 죽일 만한 비밀이라는 게 없어 보이는데?"

"그러니까. 내가 뭔가를 착각한 건가?"

노형진은 스윽스윽 사진을 넘기다가 한 장의 사진에서 멈 칫했다.

"뭐야, 그건?"

"군대 사진이네."

"군 생활 사진이 없는 게 더 이상한 거 아닌가?"

한국 남자들 중에서 군 생활을 하지 않은 사람은 거의 없다.

그러니 군 생활 사진을 가지고 있는 게 그다지 이상한 것은 아니다.

"흠……."

"왜?"

"아니, 이 사진을 보니까 한국은 아닌 것 같은데."

배경으로 보이는 것은 한국의 부대가 아니다.

그곳에 보이는 것은 깊게 판 참호와 야자수였다.

그리고 건물로 보이는 곳에는 하나같이 흙을 담은 포대 자루가 잔뜩 쌓여 있었다.

"여기 베트남 같은데?"

"베트남?"

"그래, 베트남. 하긴, 나이로 보면 그 시절에 군 생활을 했겠네."

베트남전쟁.

1960년대부터 1970년대에 걸쳐 벌어진 전쟁으로, 미국을 비롯해서 각국이 참전했다.

베트남의 공산화를 막는다는 목적으로 갔지만 결국 베트남의 공산화는 막지 못하고 미국이 패배했다.

"그 정도는 나도 알거든?"

"그래, 뭐 그렇겠지."

노형진은 어깨를 으쓱하면서 사진을 바라보았다.

베트남전쟁 당시에 많은 한국군이 투입되었고 한국 역사상 유일한 전투병 파병으로 남아 있는 전쟁이었다.

"많은 사람들이 죽었고…… 많은 사람들이 다쳤지."

노형진은 씁쓸한 표정으로 사진 속의 얼굴들을 살펴봤다.

그곳에서 살아 나온 사람들은 곽성수가 이렇게 죽을 줄은 몰랐을 테니까.

"하긴, 전쟁터에서 살아 돌아온 사람이 차에 치여 죽는 게 인생이라더니…… 어?"

중얼중얼하며 곽성수의 모습을 찾던 노형진은 그 안에서 눈에 익은 사람을 찾았다.

"잠깐, 이 사람 눈에 익은데?"

"누구?"

"이 사람 말이야. 여기 이 사람이 곽성수잖아?"

젊은 모습이기는 하지만 확실히 곽성수다.

그리고 그 뒤에 있는 사람은…….

"잠깐만."

노형진은 자리에서 일어나 서랍으로 가서는 외눈 확대경을 꺼냈다.

그리고 그걸 가지고 사진을 똑바로 바라보기 시작했다.

"대위야. 그런데 어디서 본 것 같은데, 어디서 본 거지?"

노형진은 사진을 뚫어져라 바라봤다.

"뭐, 어디서 스치듯 본 적이 있나 보지."

"수십 년 전 사진이야. 그 사진을 보고 스치듯 본 사람을 떠올려 낸다고? 그건 나라고 해도 무리지."

즉, 노형진이 이 사진을 보고 어디선가 봤다고 생각할 만큼 그에 대해 잘 알고 있다는 소리다.

"하지만 이 사람은 과거의 사람이잖아. 그때 대위였다면 뭐 그저 그런…….."

"대위…….."

노형진은 혹시나 하는 생각에 그를 뚫어지게 바라보았다.

"시간이 지났으니 좀 늙기는 했을 거야. 그리고 머리가 훨씬 자랐겠지."

노형진은 사진을 보면서 조금씩 그의 현재의 모습을 그려 보기 시작했다.

그리고 얼마 지나지 않아서 그가 누군지 생각났다.

"이 사람, 황국태 아냐?"

"뭐?"

"잠깐만, 잠깐만. 이름 좀 확인해 보고."

외눈 확대경으로 입고 있는 군복의 명찰을 확인한 노형진은 확신할 수 있었다.

"황국태야. 현 총리."

"현 총리?"

오광훈은 갑자기 소름이 쫙 돋았다.

현 총리, 국정원 그리고 청소부.

"아니, 씨발. 무슨 영화에서나 튀어나올 것 같은 이야기가 여기서 왜 튀어나오는데? 염병, 너 무슨 영화 찍냐?"

"나도 영화면 좋겠다."

노형진은 황국태의 사진을 보면서 입술을 깨물었다.

"이거 어째 느낌이 싸늘해진다."

황국태. 현직 대한민국 총리. 자유신민당 소속이다.

물론 공식적으로는 공직자여서 소속 정당이 없지만, 애초에 대통령이 자유신민당인데 정적을 총리로 고용할 리가 없다.

"그리고 현재 가장 유력한, 자유신민당의 차기 대통령 후보."

노형진은 심각한 얼굴로 말했다.

"대통령 임기 끝나려면 아직 멀었잖아. 그런데 뭔 차기 대통령 후보야?"

오광훈은 이해가 안 간다는 듯 말했다.

그의 입장에서는 대선은 아직 한참 멀었는데 벌써부터 차기 대통령 이야기를 하는 건 빠르다고 생각하기 때문이다.

"공식적으로는 그렇지. 하지만 정치학적인 선거는 지금부터야."

"지금부터라고? 이해가 안 가네. 홍안수가 바보도 아니고 아직 멀쩡한데. 뭐 한창 날아다니는 판국인데 뭔 차기 이야기를 해?"

"차기 이야기를 안 할 수가 없지."

우리나라의 대통령이라는 자리는 5년 단임제다.

그래서 다음 정권이 다른 당으로 넘어가면 영혼까지 털리는 게 보통이다.

"그리고 홍안수의 성격상 돈을 안 받고 깨끗하게 일했을 거라고 보기 힘드니까. 그는 이제 3년 차에 들어가고 있어. 더군다나 그는 프락치 출신으로 당을 배신하고 다른 당에 몸을 담았어."

"그렇지."

"그러면 국민들의 지지가 어떨 것 같아?"

"어…… 높지는 않겠지?"

"그게 가장 큰 문제가 되지. 레임덕이 오니까."

"덕? 오리? 뭔 오리 먹냐?"

"아, 씁…… 레임덕! 오리 할 때 그 덕 말고. 정치적 지도력 공백 현상을 뜻해."

프락치 출신이라는 그의 경력 때문에 진보에서도 보수에서도, 그에 대한 지지 세력은 강하지 않다.

당연하게도 홍안수의 레임덕은 빠르게 올 수밖에 없다.

"2년쯤 지나면 사실상 권력의 힘이 빠지기 시작하지. 그런데 말이야, 하물며 홍안수는 그게 더 빨라졌어. 출신 문제가 있으니까."

"으음……."

"당연하게도 레임덕이 오기 시작하면 자신의 권력을 유지

하는 것도 중요하지만 권력을 넘겨주는 건 더 중요해."

그래야 자신의 비리를 감출 수 있으니까.

"그래서 대통령 3년 차쯤 되면 각 정당에서는 주요 인물들이 활발하게 활동을 하지."

쉽게 말해서 일종의 정치적 눈도장을 찍으려고 하는 것이다.

국회의원이 한두 명도 아니고, 그들의 이름을 사람들이 다 알지는 못한다.

그렇다면 그들이 해야 하는 것은 뭘까?

그건 일단 자신의 이름을 널리 알리는 것이다.

"하지만 자유신민당에는 나름 유명한 정치인들이 있잖아."

"나름 유명한 정치인들이 있지. 하지만 말이야, 그게 그들이 반드시 홍안수의 편이라는 말은 아니야."

"아니, 왜? 도대체 또 뭐가 문제인데?"

"계파가 다르잖아."

홍안수는 프락치 출신이다.

쉽게 말해서 자유신민당에서 그를 지지해 주는 계파가 없다는 소리다.

정상적인 정치인이라면 대통령에 출마하기 전에 자신의 계파를 다잡고 다른 계파를 물리치고 후보로 나서겠지만…….

"홍안수는 상당히 이상한 형태로 대통령이 되었으니까."

"그래도 자기 당이 있잖아."

"그게 문제인데, 자기 당에서 사람이 나온다는 게 결코 자기를 지켜 준다는 건 아니야."

정확하게 표현하자면 자기 당에서 자기 계파가 아닌 사람이 정권을 이어받으면 형사처벌이나 수사는 피할 수 있을지언정 대통령 시절에 일구어 놓은 이권은 다 빼앗긴다는 의미다.

"홍안수는 그걸 두고 볼 인간이 아니거든."

홍안수는 기업인 출신이고 그의 가장 큰 가치는 오로지 돈이다.

돈 하나만 바라보는 인간이 자신의 모든 이권을 잃어버린다? 그걸 참을 만한 인간이었다면 프락치 노릇도 하지 않았을 것이다.

"결국 그는 자신의 계파 사람을 내세워서 권력을 이어 가려고 하겠지."

"하지만 계파가 없다고 했잖아?"

"그건 그렇지. 하지만 3년이야. 그 시간이면 충분히 자기의 계파를 만들 수 있는 시간이지, 특히 대통령이라면."

"설마?"

"황국태는 홍안수 계파의 리더 같은 인물이야. 그러니까 총리도 시켜 주었겠지."

쉽게 말해서 황국태를 대통령으로 만들어서 자신의 이권을 지키고 범죄를 은폐하는 것이 현재 홍안수의 계획이라는 거다.

"실제로 황국태는 지금 총리로서의 행보보다는 마치 국회의원이나 대선 출마 예정자에 가까운 움직임을 보여 주고 있어."

전국을 돌아다니면서 얼굴도장을 찍고 유세를 하고 세를 불리고 있다.

한 나라의 총리가 얼마나 바쁜지 아는 사람 입장에서는 말도 안 되는 터무니없는 행동 패턴이다.

"하지만 홍안수는 그걸 방치하고 있지."

모를 수는 없다.

언론에서 매일같이 황국태의 움직임을 보도하면서 물고 빨고 있으니까.

"쉽게 말해서 황국태를 차기 대통령으로 만들려는 게 홍안수의 계획인 거야."

노형진은 그렇게 말하면서 황국태의 사진을 뚫어지게 바라보았다.

노형진의 설명을 들은 오광훈은 이해가 가지 않는다는 듯 눈살을 찌푸렸다.

"하지만 그건 정치적인 문제잖아. 그게 곽성수가 죽은 것과 무슨 상관인데? 곽성수와 황국태는 제대 이후에 접점이 전혀 없다고."

황국태는 그 당시에 중대장이었고 곽성수는 일반 병사였다.

중대장과 일반 병사가 친밀하게 관계를 맺는 것은 사실상 불가능하다.

군에서 생활을 같이했다고 하지만, 한마디 말이라도 섞어 봤을 가능성도 높지 않다.

"기껏해야 '중대장은 너희들에게 실망했다.'라는 말이나 들었겠지."

황국태라는 존재, 그리고 국정원이라는 존재. 그들은 대충 이해가 간다.

황국태를 잔뜩 키워 놨는데 여기서 나가리가 되어 버리면 홍안수 입장에서는 미쳐 버릴 일일 테니까.

"하지만 여전히 문제인 것은, 도대체 어떤 일이기에 곽성수를 죽이기까지 했냐는 거야."

"음……."

곽성수는 황국태와 하등 접점이 없다.

갑자기 그가 무슨 중대한 비밀을 가지고 황국태나 정부를 협박할 이유도 없다.

"그렇다면 남은 건 한 가지뿐이지."

노형진은 두 사람이 찍혀 있는 사진을 바라보았다.

"베트남에서 무슨 일이 있었다는 것."

"전쟁이었잖아. 전쟁터에서 무슨 일이 벌어졌을지 어떻게 알아?"

"그게 문제야. 워낙 변수가 많아. 더군다나 그 전쟁에서 돌아온 게 곽성수 한 명뿐이었을 리도 없고."

그렇다고 중대원 전부를 죽일 수는 없는 노릇이다.

"일단은 그 부분에 대해 확인해 봐야겠어."

그 당시 같이 복무한 사람들이 있을 것이다.

그리고 그들에게 이야기를 들어 보는 것은 어려운 일이 아닐 것이다.

노형진은 간단하게 생각했다.

하지만 상황은 더더욱 이상하게 돌아갔다.

"죽었다고요?"

"네. 곽성수와 황국태가 속해 있던 부대는 2대대 4중대입니다."

고문학은 피곤한 눈을 비비면서 말을 이어 갔다.

워낙 오래된 자료인지라 찾는 게 쉽지 않았다.

"그 당시에 4중대가 지키던 고지를 어마어마한 숫자의 베트콩들이 습격한 것으로 되어 있습니다. 대략 2개 연대 정도 되었던 듯합니다."

"미친."

아무리 벙커를 잘 파고 화기로 잘 무장했다고 해도 1개 중대가 2개 연대에 공격받으면 살아남는 것 자체가 거의 불가능에 가깝다.

"그로 인해 황국태의 중대는 치명적인 타격을 입었습니다. 특히 3소대는 적들의 주공 방향에 있었기에 전멸했습니다. 생존자는 곽성수를 비롯해서 세 명뿐이었습니다. 나머지 3개 소대 역시 심각한 피해를 입었고, 그나마 후방 쪽을 방어하던 4소대는 그다지 피해를 입지 않았습니다."

"으음……."

"당시에 2개 연대의 파상공격을 막아 낸 황국태는 그 공을 인정받아서 승진했고, 그 이후에 승승장구해서 지금에 이른 거죠."

"확실히…… 기억납니다. 황국태가 베트남전에서 훈장까지 받은 전쟁 영웅이라고 홍보했지요."

"맞습니다. 그게 바로 이 사건입니다. 어찌 되었건 1개 중대로 2개 연대를 막았다는 건 기적에 가까운 일이니까요."

고문학의 말에 노형진은 눈을 찌푸렸다.

확실히 그 정도 방어에 성공했다면 승진은 당연하다.

"그래요? 그 관련 자료는 있나요?"

"그게, 관련 자료는 없었습니다. 내부 자료는 군사 자료로 분류되어서 알 수가 없고요. 홍보 차원에서 뿌려진 것만 확인할 수 있었습니다."

"흠……."

노형진은 고민을 했다.

"혹시 그 당시 뉴스를 확인할 수 있을까요?"

"네? 아, 그거야 어렵지 않지요. 한국에서 그 당시에 홍보용으로 많이 뿌렸으니까요."

고문학은 그걸 가지고 와서 내밀었고, 노형진은 그 복사된 신문을 찬찬히 읽기 시작했다.

그리고 혀를 끌끌 찼다.

"딱 고 팀장님이 말씀하신 수준으로만 되어 있군요."

"현실이니까요. 그것 말고는 딱히 이상할 게 없습니다."

황국태는 2개 연대의 공격을 막아 내는 데 성공했다.

"다만 다른 점으로, 적절한 포격 지원이라는 부분이 있네요?"

"아, 그거야 뭐 군대에서 포격 지원이라는 건 흔한 일이니까요."

고문학은 무심결에 말했다.

하지만 노형진은 기록을 보면서 이상하다는 생각을 하고 있었다.

"이건 여러모로 말이 안 됩니다."

"어째서요?"

"일단 황국태가 지휘해서 방어에 성공한 건 알 수 있습니다. 그런데 3소대가 적의 주 공격로에 있었다는 게 문제군요."

"그래서 전멸했지요."

"그런데 곽성수는 어떻게 살아남은 거지요?"

"그 전 정찰 작전에서 허벅지에 총을 맞아서 후송되었습니다."

"그렇군요. 그러면 그 당시 살아남은 두 사람은 어떤가요? 똑같이 후송되었습니까?"

"한 명은 곽성수와 함께 후방으로 후송되어 있었고, 나머지 한 명은 교전 중에 총을 맞고 쓰러졌다고 합니다. 방어선이 붕괴되면서 백병전까지 벌어졌는데, 피를 흘리며 쓰러져 있었으니 베트콩들이 죽은 줄 알고 그냥 뒀다고 하더군요. 기록에는 그렇게 되어 있습니다. 그는 진짜 운이 좋아서 살아남은 것이니 실질적으로 3소대는 완전 전멸로 봐야겠지요."

노형진은 그 말에 물끄러미 사진을 다시 한번 바라보았다.

보통 전멸이라고 표현하면 사람들은 단 한 명도 살아남지 못한 걸 생각하지만, 실제 군대에서 전멸이라는 표현은 병력의 3분의 2 이상을 잃어서 사실상 전력에서 이탈한 걸 뜻한다.

실제로 군대에서 1개 소대가 단 한 명도 살아남지 못하는 경우는 그다지 많지 않다.

"그러면 나머지 두 분은요? 혹시 접촉할 수 있나요?"

그 말에 고문학은 고개를 흔들었다.

"두 사람이 살아남기는 했지만 아직까지 살아 있는 건 아닙니다."

"네?"

"한 명은 귀국 후에 암으로 사망했고 한 명은 PTSD로 자살했습니다."

"그래요? 곤란하군요."

결과적으로 정확한 정보를 얻을 수 있는 사람이 없다는 소리였다.

"그나저나 그 정도 전멸이라니, 그건 정상적이지는 않은 것 같습니다."

노형진은 고개를 끄덕거리며 신문을 덮었다.

"이 당시 방어 전략에 문제가 있었군요. 보아하니 3소대는 고의적으로 버려진 듯합니다."

"네?"

"그게 무슨 말이야? 왜 3소대를 버려? 뭐 거기서 죽어라 뭐 이런 거?"

가만 듣고 있던 오광훈이 툭 튀어나와 질문을 던졌다.

"뭐, 틀린 말은 아니네. 황국태는 3소대가 전멸하기를 바란 것 같아."

"설마요? 그럴 리가 없지 않습니까?"

"일단 병력의 배치도 문제입니다."

방어를 할 때 동서남북에 1개 소대씩 배치되었다.

그러니 3소대가 적의 주력 쪽에 있었던 것은 우연일 수도 있다.

"하지만 말이지, 생각해 봐. 네가 장교인데 한쪽으로 압도적인 숫자의 적이 몰려든다고 하면 어떻게 하겠어?"

"어…… 병력을 보충하겠지?"

"그래. 그게 보통이고, 그게 정상이야."

"하지만 동서남북으로 적이 다 왔잖아."

"그건 그렇지. 하지만 4소대가 있던 곳은 후방이었지."

쉽게 말해서 4소대 쪽은 뒤에 있는 미군이 지원하고 있는 위치였다.

그래서 온다고 해도 대대적으로 오는 게 무리였다.

"물론 무려 2개 연대야. 확실히 말도 안 되는 숫자이기는 하지."

노형진은 테이블을 톡톡 두들기며 말했다.

"그렇다고 해도 정상적인 훈련을 받은 사람이라면 이런 방어전의 가장 중요한 내용이 기동이라는 걸 알아."

과거에 참호전으로 이루어지던 전쟁.

그게 베트남전을 기점으로 기동전으로 조금씩 바뀌고 있었다.

"그런데 굳이 변동하지 않고 그대로 방어를 했어. 사실 주력이 정면인 이상에야 4개 소대에서 1개 소대 정도만 빼서 투입해도 어마어마한 도움이 되었을 거야. 거기에다 주공이 확실한 상황이었으니까. 그리고 본부가 있잖아."

노형진은 신문을 보면서 계속 머릿속을 정리했다.

신문에 있는 소식만을 보면 참으로 자랑스러운 작전이고 국군의 명예를 드높인 뉴스다.

그러나 이상하다는 생각을 하고 보기 시작하니 이상한 게 한두 개가 아니었다.

"물론 2개 연대니까 어디서 몰려올지 모르니 그건 그렇다 쳐. 하지만 반대 입장에서 생각해 보자고."

노형진은 신문의 한 구석을 가리켰다.

"여기서 보다시피 포병의 강력한 화력으로 적을 제압해서 승리했다고 되어 있어."

"그렇지?"

"베트콩 지휘관들은 다 병신이야? 그 당시에 베트남에 있는 미군이나 한국군 진지에 대한 포병 지원은 어마어마했어. 사실 이 포병 지원이 없었다면, 2개 연대를 1개 중대로 막는다? 그건 개소리나 다름없지."

"그래서?"

"그런데 생각해 봐. 강력한 포병이 있는 한국군 진지야. 누가 거기에 들어가려고 하겠어? 섣불리 들어가려고 하지는 않지, 보통은."

아마 들어가는 순간부터 포가 미친 듯이 떨어질 것이다. 박격포에서부터 105밀리까지.

"그리고 1개 중대에 2개 연대? 상식적으로 너무 과도한 공격이야."

베트콩이라고 해서 포가 없는 건 아니다.

물론 고작해야 박격포 수준이었겠지만, 그렇다고 해서 위협이 안 되는 것은 아니다.

"포격을 감수하면서까지 그렇게 미친 듯이 공격할 이유가 뭐였을까?"

"으음, 이해가 안 가는데?"

"주적의 개념을 생각해 봐. 그 당시 베트콩들이 싫어하던 나라가 어디였을까?"

당연히 미국이다. 어찌 되었건 베트남전쟁 당시에 가장 큰 적은 미국이었으니까.

"무려 2개 연대의 병력이야. 그런 병력이 있으면 미군 기지를 먼저 공격하지 한국 기지를 공격하지는 않았을 것 같은데?"

오광훈은 고개를 갸웃했다.

그러니까 노형진은 뭔가 이유가 있어서 습격했다고 생각하고 있다는 소리였다.

"그리고 그걸 감추기 위해 3소대가 죽는 걸 놔뒀다?"

"그래."

노형진은 고개를 끄덕거렸다.

"하지만 그게 어떤 건지 어떻게 알아?"

"소문을 들어 봐야지."

"소문?"

"그래. 3소대는 다 죽었어. 하지만 다른 소대는 살아남았지."

노형진은 테이블을 탁탁 두들기며 말했다.

"그러면 한 가지 가능성이 있지. 무슨 일을 했는지는 모르지만, 3소대가 그걸 봤다는 것."

그러면 모든 것이 성립된다.

베트콩들은 그 문제로 인해 몰려온 것이고, 3소대는 그래서 죽은 거다.

"그리고 전우라는 건 의외로 서로가 서로를 아는 법이거든."

3소대는 모두가 죽었지만 다른 소대의 사람들은 아직 살아 있다.

어쩌면 그 안에서 정보를 찾을 수 있을지도 몰랐다.

"몰라요."

"아, 난 모른다니까."

"아, 꺼지라고."

그 당시 사건을 추적하는 것은 쉬운 일이 아니었다.

관련자들은 대부분 입을 열기를 꺼렸기 때문이다.

같이 싸워서 이겼다는 일종의 족쇄가 그들을 의리라는 이름으로 묶어 두고 있었다.

"소문이라도 좋습니다. 그러니 그 당시에 어떤 일이 있었는지만이라도 이야기해 주십시오."

"그 망할 베트콩 새끼들에게 죽어 나간 건 우리야. 그런데 우리가 왜 그런 놈들을 위해 편을 들어 줘야 해?"

"편을 들어 주라는 게 아닙니다. 다만 무슨 일이 벌어진 건지 알고 싶은 것뿐입니다."

"아, 모른다고!"

여러 사람들을 만나고 다녔지만 결국 누구도 말해 주지 않았다.

하지만 얻은 것이 아무것도 없느냐? 그것도 아니었다.

"난 그 당시에 훈장까지 받은 사람이야! 그런데 동료를 팔라고? 웃기는 개소리!"

누군가 흥분해서 한 말.

그런데 여기서 중요한 것은 동료를 '팔아먹는다'는 단어 선택이었다.

동료를 판다는 것. 그건 동료의 잘못을 말하고 싶지 않다는 감정에서 나온 말이니까.

"끄응…… 이런 건 생각도 못 했는데 어쩐다."

노형진은 그 당시 병사들의 의견을 들을 수가 없었다.

보통은 병사들과 장교들은 사이가 좋지 않은 편이다.

특히 그 당시만 해도 군 내 가혹 행위가 장교 선에서도 많이 벌어졌기 때문에 더더욱 그랬다.

심지어 장교가 부하를 죽이고 묻어 버리는 경우도 종종 있었다.

"하지만 이건 좀 상황이 다르네."

전쟁터에서 살아남았다는 동질감. 소위 말하는 동료애, 전우애. 그 강한 끈이 그들을 붙잡고 있었다.

"너는 어때?"

노형진은 오광훈에게 물었다.

자신이 만난 사람들은 모두 실패했으니까.

"나도 대부분은 말을 해 주지 않더라고."

"대부분?"

노형진은 대부분이라는 말에 반색했다.

대부분과 전부는 다르니까.

"딱 한 명. 살아 있는 사람 중에 딱 한 명."

오광훈은 차분하게 말했다.

"암이더군."

"암이라……."

죽음이 닥치면 사람들은 비밀을 이야기하고 싶어 한다.

특히 그 비밀이 자신의 양심을 건드리는 거라면 더더욱 말이다.

"현재 병원에 있어. 다행히 민간 병원이더라고."

만일 군 병원이나 재향 병원에 있었다면 자신들이 찾지 못했을지도 모른다.

하지만 민간 병원이기에 도리어 접근하기 쉬웠다.

"물론 조건은 있어."

"치료비겠지."

암이라는 것은 치료에 상당한 돈이 들어간다.

죽음을 앞두고 있다고 하더라도 그 돈 문제에서 자유로울 수는 없다.

"가난한 분이었나 보군."

같은 부대에 복무했다고 모두가 다 같은 상황인 건 아니다. 누구는 찢어지게 가난하고, 누군가는 어마어마하게 돈이 많다.

공평한 것은 오로지 죽음뿐.

"보험도 들지 못할 정도로 가난한 집안 사람이더라고."

요즘은 어지간해서는 보험을 들어서 암에 대비하지만 그마저도 부담스러워서 가입하지 못한 사람들.

그들이 암에 걸리면 살아남을 수 있는 방법은 없다.

"그런데 혹시나 너한테 뭐 감시가 붙거나 그런 거 아니지? 이건 진짜 조심해야 한다."

노형진은 꺼림칙한 얼굴로 물었다.

이번 사건을 조사하는 건 정부도 알고 있다.

혹시나 사람을 붙여서 감시할 수도 있고, 자신들이 알아낸 것을 감추려고 할 수도 있다.

"그건 걱정하지 마. 따로 흥신소를 고용해서 만나게 한 거니까. 그렇잖아도 너한테 전에 배운 걸 한번 써먹어 봤지."

"전에 배운 거?"

"감시의 감시의 감시."

"아아아."

오광훈은 자신이 감시받고 있다는 걸 알고 있었다.

그래서 자신을 감시할 사람들을 따로 골랐다.

정확하게는 자신을 감시하는 걸로 보이는 사람들을 찾는 사람들을 말이다.

"예상대로더군. 나를 감시하는 사람들이 있었어."

오광훈은 그들이 찍어 온 사진을 내밀었다.

흔해 빠진 국산 세단. 그리고 그 안에 앉아 있는 사람들.

나름 편한 복장으로 차에 앉아 있다.

"하지만 감시가 아니라면 남자 두 명이 20분이나 차 안에 처박혀서 날 바라보고 있을 이유가 없지."

오광훈은 씩 웃으며 말했다.

"그래서 나도 나름 인맥을 이용했지."

오광훈은 검사이지만 여전히 쓸 만한 흥신소를 알고 있기에 그들에게 일을 부탁하는 건 어려운 일이 아니었다.

"그러면 지금도 우리를 보고 있겠군."

자리에서 일어나서 힐끔 창 바깥을 내다보는 노형진.

사진 속의 차량이 정차되어 있는 게 보였다.

'예전이나 지금이나 국정원이랑 좋은 관계를 맺기는 그른 것 같군.'

노형진은 쓸쓸하게 웃었다.

"좋지 않아. 저렇게까지 하면서 우리를 감시한다는 것은 감추고자 하는 비밀이 생각보다 크다는 소리니까."

그리고 걱정스럽게 말했다.

"우리가 그쪽으로 가려고 하면 저쪽에서 따라오겠지?"

노형진의 말에 오광훈은 고개를 끄덕거렸다.

"저 씹새끼들이라면 그러고도 남지."

오광훈은 걱정스러운 표정이 되었다.

"흠, 어쩌지? 저놈들을 떨구고 가는 게 쉬운 일은 아닐 텐데."

용케 떨구는 데 성공한다 해도, 저들만 있는 게 아닐 것이다. 분명히 다른 곳에서 다른 차량들이 또 기다리고 있을 것이다.

"확실하게 떨구고 갈 방법이 있기는 하지."

"뭐? 어떻게?"

노형진은 싱긋 웃으며 전화기를 들었다.

"돈 좋다는 게 뭐겠어? 후후후."

⚖

노형진이 부른 것은 다름 아닌 헬기였다.

헬기가 날아오자 국정원 요원들은 차에서 내려서 입을 쩍 벌릴 수밖에 없었다.

멀어지는 국정원 요원에게 노형진은 헬기 안에서 가운뎃손가락을 날렸다.

그리고 바로 오광훈이 알아낸 병원으로 날아갔다.

다행히 대형 병원이라 헬기가 착륙할 수 있는 헬기 착륙장이 있었고, 노형진은 그곳에서 바로 암 병동으로 가서 그 암 환자를 만날 수 있었다.

"병원비는…… 내주시는 걸로 믿겠습니다."

당장이라도 죽을 것 같은 얼굴의 남자는 힘없이 말했다.

"그건 걱정하지 마십시오. 저희는 변호사입니다. 그런 걸 가지고 거짓말을 하지는 않습니다."

노형진의 말에 남자는 천천히 입을 열었다.

"저는 그 당시에 그 부대에서 취사병으로 근무했습니다."

"아……."

취사병으로 근무했다면 다른 병사들보다 좀 거리감을 느낄 수밖에 없다.

다른 사람들이 목숨을 걸고 정찰을 나갈 때 안전한 곳에서 밥을 한다는 생각 때문에 무시 아닌 무시를 당하니까.

"그래서 거리감이 있기는 하지만, 그렇다고 해서 아예 왕 따당하는 수준은 아니었지요."

남자는 힘겹게 입을 열었다.

"취사병이라는 직업은 음식만 하는 게 아니라 뒤에서 뭔가를 해 줘야 할 때도 있으니까요."

가령 장교가 뭔가 먹고 싶다고 하면 그걸 해 줘야 하며 가끔 병사들이 먹고 싶다는 음식도 해 주려고 노력했다.

"그들에게는 최후의 만찬이 될 수도 있으니까요."

같이 작전을 나가지는 못한다고 해도 그는 최선을 다했기에 아예 심한 왕따를 당하지는 않았다.

"그러던 와중에 좀 심각한 소문을 들었습니다."

노형진은 침을 꿀꺽 삼켰다.

그 말이 자신이 찾던 정보일 거라 생각했기 때문이다.

물론 단순한 소문일 수도 있다.

하지만 그렇다 해도, 전쟁이라는 특수 상황이 붙어 버리면 헛소리로 치부하기 힘든 경우도 많다.

"3소대와 함께 정찰을 나갔던 중대장이…… 마을 하나를 싹 쓸어버렸다고 하더군요."

그런데 그의 입에서 나온 말은 생각보다 심각했다.

단순히 보급품이나 돈을 빼돌리는 문제가 아니라 민간인 학살.

"민간인 학살입니까?"

노형진은 어이가 없어서 되물을 수밖에 없었다.

"그랬다고 들었습니다."

인구가 스무 명 정도 되는 작은 마을을 중대장이 발견하면서부터 시작된 최악의 사건.

소위 화전민이라고 불리는 사람들이 모여 있던 그곳.

"민간인 학살이라니? 베트남에서?"

오광훈은 모른다는 듯 물었다.

노형진은 그런 그를 보고 고개를 끄덕거렸다.

"실제로 민간인 학살이 베트남에서 많이 벌어졌어. 미군뿐만 아니라 한국군에 의해서도 말이지."

"뭐? 한국군이 민간인을 학살했다고?"

오광훈은 깜짝 놀랐다.

그런 소리는 들어 본 적이 없기 때문이다.

"전쟁이 왜 사람을 미치게 하는데? 멀쩡한 사람도 미친놈으로 만드는 게 전쟁이야."

소위 선진국이라고 하는 나라에서 충분한 교육을 받고 자란 사람들조차도 전쟁에 휩쓸리면 미쳐서 사람들을 죽여 댄다.

"하물며 그 당시에 한국은 선진국도 아니었어."

개발도상국? 그 정도도 안 된다.

어떻게 해서든 살기 위해 자국민의 목숨을 팔아야 했던 빈국. 그런 나라가 바로 대한민국이었다.

"끌려간 군인들에게 누구도 인권이나 생명의 존중을 가르쳐 주지 않았지. 애초에 군대라는 곳이 그런 걸 가르쳐 줄 조직도 아니고."

심지어 21세기인 지금도 군대에서는 불법과 인권 탄압을 하면서 인권을 말살한다.

그런 걸 제보하면 인생을 망가트리려고 덤비는 게 군대다.

"그런데 그 당시에 그런 게 어디 있었겠어?"

농담이 아니라, 베트남에서 미친 장교가 부하가 명령 불복종했다고 머리에 대고 총을 쏴 버려도 통제되지 못하던 시절이었다.

"거의 이야기를 하지 않지만 한국도 베트남에서 적지 않은 민간인 학살을 자행했지."

물론 일제처럼 수십만 단위로 학살한 것은 아니다.

더군다나 베트남전은 비정규전이라는 독특한 형태로 이루

어진 전쟁이었다.

"그때 가장 힘들었던 게 적과 아군을 구분하는 거였으니까."

방금 전 인사를 하던 농부가 그들이 지나간 후에 집에 들어가서 총을 가져다가 뒤통수에 갈겨 대고, 웃으면서 인사한 아이가 다가와서 자폭 테러를 하는 전쟁.

지금까지 비정규전이라는 걸 제대로 겪어 보지 못한 타국들이 질 수밖에 없었던 그런 형태의 전쟁.

"그래서 민간인 학살이 더더욱 많았지."

다른 전쟁에서의 민간인 학살이 그냥 화풀이나 정치적 문제 같은 것이었다면, 베트남전쟁에서의 민간인 학살은 저들이 언제 적으로 돌변할지 모른다는 공포감에 이루어지는 경우가 많았다.

"황국태가 학살을 주도한 거군요."

노형진은 눈을 찌푸렸다.

황국태가 한 마을을 학살했다면 그건 명백하게 전쟁범죄다. 그러니 욕을 먹을 일이기는 하다.

하지만 그 당시 비정규전을 겪던 군인들의 반응을 생각하면, 욕을 먹을지언정 전쟁범죄자로 취급받기는 애매한 것이 현실이었다.

"그런데 소문은 좀 달랐습니다."

통증 때문인지 남자는 잠깐 눈을 찡그렸다.

"그곳에서 중대장이 여자애 하나를 봤다고……."

"설마?"

노형진은 눈을 찡그렸다.

전쟁터에서 가장 강해지는 것이 뭘까? 당연히 생존 욕구다. 그다음으로 강해지는 것이 바로 번식의 본능이다.

그래서 고대로부터 전쟁이 터지면 여자가 첫 번째 희생자가 되어 왔다.

"설마 여자를 강간한 겁니까?"

"소문으로는 여자애였다고 하더군요."

어려 보이는 여자애를 보고 황국태의 눈이 돌아갔다.

당연한 일이지만 부모와 그 가족은 저항을 했다. 그게 정상이다.

"그 부모가 총을 쐈다고 하더군요."

"이런."

그 당시에 어지간한 곳에선 AK 소총 하나 구하는 것은 어려운 일도 아니었다.

하지만 정규군 1개 소대를 대상으로 총 한 자루로 저항한다는 건 어리석은 행동이었다.

"그래서 그 아비를 황국태가 쏴 죽였다고 하더군요."

문제는 가족들이 그 장면을 봤다는 것이다.

그들이 항의하게 되면 황국태의 인생은 끝장이었다.

아무리 팔이 안으로 굽는다고 하지만, 미성년자 강간에 저항하는 민간인을 총살했다?

이것이 법이다

문제가 안 되면 그게 더 이상한 거다.

"설마……."

"중대장이 마을 사람들을 강제로 한 집에 몰아넣었다고 하더군요."

그리고 입구를 막고 수류탄을 까 넣었다고 한다.

그 이후에 소대원들에게 집중사격을 시키고, 그것만으로도 부족해서 아예 마을에 불을 질러서 모든 것을 불태웠다고 한다.

노형진은 이야기를 다 듣고도 아무런 말도 할 수가 없었다. 단순히 공포에 의한 학살이 아니라 자신의 성욕 해소를 방해했다는 이유로 보복을 한 셈이니까.

"미친 새끼."

오광훈은 질려 버린 표정으로 중얼거렸다. 그의 입장에서는 도무지 이해가 가지 않는 행동이었으니까.

"그래서요? 그 이후에는 어떻게 된 겁니까?"

"3소대 통신병이 저와 친했습니다. 그래서 저도 그 소식을 그렇게 넘겨듣기는 했지만……."

"음……."

노형진은 그 이후에 무슨 일이 벌어졌는지 알 것 같았다.

'보복이군.'

베트콩이 현장에서 어떤 증거를 찾았는지 알 수는 없다.

하지만 그들은 한국군이 주범이라는 사실을 알아차렸다.

그리고 피의 복수를 하기로 한 것이다.

그런 일이 벌어졌다면, 정상적인 지휘관이라면 분노하는 게 당연하니까.

"그리고 황국태는 3소대를 제물로 삼았군요."

적의 주요 공격 라인에 3소대를 배치하고 지원을 끊었다.

3소대는 사실상 전멸하고, 그 당시 현장에 갔던 사람들은 모두 사라졌다.

"단 세 명만 남고 말이지."

그런데 다른 두 명은 죽었는데 단 한 명이 지금까지 살아남았다.

그가 입을 다물고 있기는 하지만, 대통령 선거라는 것은 아주 위험한 건이다.

만일 그가 선거에 나온 황국태를 보고 양심선언이라도 하면 단순히 선거가 문제가 아니라 황국태의 인생이 박살 난다.

"그리고 황국태는 장차 대통령이 되실 몸이지."

진실을 알아 버린 오광훈은 차갑게 말했다.

"국정원이 끼어든 이유를 알 것 같군."

현 대통령이 흔적을 지우라고 했을 테니까.

물론 그게 불법이기는 하지만, 애초에 국정원은 변질된 지 오래다.

현재의 국정원은 국가 정보 조직이 아니라 대통령과 자유신민당의 개인 흥신소나 마찬가지였다.

이것이 법이다

"이 망할 새끼들이 그걸 감추려고 했다는 거야?"

"그랬겠지. 너 같으면, 이게 터질 경우 그 인간에게 표를 줄 수 있겠어?"

아동 강간 미수범에 민간인 학살자.

"황국태뿐만 아니라 그를 밀어주기 위해 노력했던 홍안수의 모든 노력이 날아가는 거야. 더군다나 그는 홍안수가 직접 고른 현직 총리야. 홍안수는 어떻게 될까?"

"레임덕인지 베이징덕인지가 겁나 빨라지겠네."

"그 정도로 끝나지 않을걸."

그렇잖아도 불리한 상황에서 황국태 문제가 터지면, 홍안수가 속이고 배신했던 민주수호당이 그다음 정권을 잡을 가능성이 높다.

"그런데 과연 민주수호당이 그냥 조용히 넘어갈까?"

"그럴 리가 없지."

그들은 병신이 아니다.

그들이 지금 정권보다 좀 더 낫다고 주장한다고 해도, 정치인의 본질이 어디 가는 것은 아니다.

당연히 정권이 바뀌는 순간 그들은 계파와 상관없이 하나되어서 홍안수와 자유신민당을 죽이기 위해 날뛸 것이다.

"그 사실을 아는 사람이 얼마나 됩니까?"

노형진은 눈을 찌푸리며 물었다.

"다들 소문으로만 들었습니다. 당사자들이 모두 죽어서……."

물론 그 소문을 입증할 방법이 없다는 것이 문제다.

"민간인 학살이라는 건 심각한 범죄야. 설사 그게 당사국이 크게 신경 쓰지 않고 있다고 해도 말이지."

베트남은 다른 나라에 비해 민간인 학살 문제에 있어서 그다지 신경 쓰지 않는 것이 사실이다.

이유는 두 가지인데, 이제 베트남은 자유경제 국가가 되었고 선진국의 투자를 받는 것이 중요해졌기 때문이다.

그 당시 참여했던 국가들은 모두 선진국이었고, 빈국이었던 대한민국도 선진국이 되었다.

그러니 거기에다가 섣불리 배상하라고 하기 애매한 것이다.

두 번째 이유는, 어찌 되었건 베트남전쟁의 승자는 베트남이기 때문이다.

정확하게 표현하자만 북베트남이라고 표현하는 게 맞을 것이다.

베트남은 대한민국과 마찬가지로 남과 북으로 나뉘어 있었고, 공산주의였던 북베트남이 남베트남을 침략하면서 벌어진 게 베트남전쟁이니까.

"그들 입장에서는 자기들이 이긴 전쟁에 대해 나중에 배상하라고 하는 게 애매한 거지."

물론 전쟁범죄가 있었던 것은 사실이지만 승자의 아량이라고 할까? 그런 걸로 생각하는 경향이 강했다.

"하지만 황국태가 민간인을 학살한 게 사실이라면 그는 끝장이지."

거기에다 그 이유가 미성년자를 강간하려고 하다가 아버지의 저항으로 실패하자 화가 나서 그런 거라면 더더욱 그럴 것이다.

"그러면 이제 어쩌지? 그걸 터트려?"

"터트리는 건 무리야."

노형진는 눈을 찌푸렸다.

이걸 터트린다고 해도, 어쨌든 그들은 권력을 가지고 있다. 권력을 가진 놈들이 당연히 가만둘 리 없다. 증거나 증언도 없는 상황이니 말이다.

"소중한 제보 감사합니다."

노형진은 남자의 손을 꽉 잡아 줬다.

"혹시나 해서 그러는데, 기자 같은 다른 사람들 앞에서 한 번 더 진술해 주실 수 있나요? 저희가 녹화도 해야 하는데."

헬기로 다급하게 왔기 때문에 관련 장비나 물품은 없었다. 그러니 제대로 촬영하려면 시간이 필요했다.

"기꺼이 그러지요. 누군가는 세상에 알려야 하는 일이니까요."

노형진은 고개를 끄덕거리며 나왔다.

"감사합니다. 그러면 준비해서 보내겠습니다."

그렇게 막 병원에서 나올 때, 노형진은 병원 입구에서 자신을 바라보는 누군가의 시선을 느꼈다.

노형진은 순간 피식 웃었다.

"참 빨리도 따라왔네."

"국정원 새끼들, 자기들이 지금 누구를 지키는지도 모르는 거야?"

"알 수도 있고 모를 수도 있고. 중요한 건 그들이 사실을 안다고 해도 결국 그들의 행동이 바뀌지는 않을 거라는 거야."

그들이 원하는 건 진실이나 조국에 대한 충성이 아니다.

권력과, 특정 권력자에 대한 보호뿐.

"그러니 어떻게 해서든 우리 입을 막고 싶어 하겠지."

"그러면 어쩌려고?"

"일단은 저분을 보호해야지. 한 번 죽였던 놈들이야. 두 번 죽이지 말라는 법은 없지."

노형진은 고개를 돌려서 병원을 바라보며 말했다.

"그리고 그사이에 우리는 다른 증인이나 증거를 찾아야지."

"다른 증인이나 증거? 사건 현장을 목격한 3소대 사람들은 다 죽었잖아."

대부분은 그 당시 베트남에서 죽었고 곽성수는 여기에서 죽었다.

공식적인 기록으로 보면 두 명이 더 살아남아 돌아왔지만 둘 다 긴 시간 사이에 한 명은 자살, 한 명은 암으로 유명을 달리했다.

"본 사람은 그렇지."

노형진은 눈을 반짝이며 말했다.

"하지만 우리가 알아야 하는 건, 베트콩이 무려 2개 연대로 공격해 왔다는 거야. 포격을 감수하면서. 아까 말했지? 어떻게든 누가 범인인지 알 거야."

"아하!"

그들이 공격해 왔다는 것. 그건 그들이 관련 증거를 가지고 있다는 소리다.

하다못해 심증이 갈 만한 뭔가는 있었던 게 분명했다.

"오늘부터 여기에는 사설 경비원을 두겠어."

"짭새 새끼들은 못 믿겠지?"

"경찰을 투입하면 아마 그날이 내년 저분 제삿날이 될걸."

당연히 그렇게 둘 수는 없는 노릇이니 노형진은 그를 보호할 생각이었다.

"그리고 그사이에 우리가 움직여야지."

"그사이라니?"

"우리가 저분을 지키고 있는 이상 진실을 말할 사람이 있다는 소리거든. 당연하게도 황국태나 국정원의 관심은 그쪽으로 쏠릴 수밖에 없지."

그리고 그사이에 노형진은 정확한 증거를 찾을 수 있을 것이다.

"세상에 완전범죄는 없어. 설사 그게 전쟁터라고 해도 말이지."

노형진은 주먹을 꽉 쥐며 말했다.

노형진과 오광훈은 사건을 조사하기 위해 베트남으로 향했다.

관련자를 찾는 것은 역시 쉬운 일이 아니었다.

그 당시 전투가 있던 곳은 이미 도시가 들어섰고 주변은 싹 밀려 있었다.

"전투 관련 자료를 찾는 게 쉽지 않네."

"그럴 거야. 어찌 되었든 2개 연대가 1개 중대를 밀지 못하고 패배한 싸움이야. 아무래도 창피한 전투가 되겠지."

아무리 지원을 받았다고 하지만 2개 연대와 1개 중대. 그 갭은 어마어마하게 크다.

"그런 싸움은 이긴 사람에게는 영웅적 일대기가 되지만 패배한 사람에게는 창피한 일이거든."

"그래서 감춘다?"

"보통 그렇지."

실제로 황국태가 원활하게 정계에 들어갈 수 있었던 것은 베트남의 영웅이라는 타이틀 때문이었다.

그래서 자칭 안보 전문가로 활동하면서 어렵지 않게 정치에 입문했다.

"하지만 아예 정보가 없는 건 아니야. 투입된 게 2개 연대 니까."

그 정도 병력이 움직였는데 군사적 자료가 남아 있지 않을 리가 없다.

베트남군은 생각보다 체계화된 부대였고 또 전문화된 군 인들이었다.

"패배했다고 해서 무조건 자료가 사라지는 건 아니지."

노형진은 그렇게 말하면서 시계를 바라보았다.

"그리고 어느 나라에 가든 그 역사, 특히 전쟁사를 연구하 는 사람이 있어. 더군다나 자신들이 이긴 전쟁이라면 더더욱 그렇지."

"그 사람을 믿을 만할까?"

"믿을 만해. 의외로 베트남 사람들의 역사적 자긍심은 대 단하거든."

"역사적 자긍심?"

"그래. 역사적으로 보면 제대로 베트남을 정복한 나라는 없으니까."

베트남은 과거부터 수많은 침략을 받았다.

하지만 베트남을 정복했다고 표현하거나 베트남을 굴복시 켰다고 보는 세력은 없다.

과거에 프랑스군이 진주했지만 정복한 것은 아니다.

결국 프랑스도 지고 쫓겨났으니까.

"정글에서 베트남군을 이긴다는 건 사실상 불가능에 가까 웠으니까."

"엘프 같구먼."

"엘프?"

"그래. 엘프가 숲에 들어가면 못 이긴다잖아?"

"흠……."

노형진은 고개를 끄덕거렸다.

"그런 면에서는 비슷하지. 다만 엘프처럼 키가 크지는 않 지만."

"뭔 소리인지 알겠네."

정글에서 특화된 전투 전략을 알고 있는 사람들.

그들이 바로 베트남인들이다.

더군다나 베트남 사람들은 체구가 작은 편이다.

그래서 기습한 뒤 토굴로 도망가면, 미군은 도무지 따라갈 방법이 없었다.

그 당시 베트남군의 토굴은 엄청나게 잘 구성되어 있어서 그 안에 학교도 있고 심지어 탱크까지 감춰 놨다고 했다.

그게 승리의 지름길이었고 말이다.

"하여간 2개 연대에 관한 기록이 없을 수는 없어."

그리고 그 기록을 찾는 게 관건이었다.

"일단 거기부터 시작하자고."

노형진은 오광훈과 이야기를 하면서 게이트를 빠져나갔

다. 그러자 노형진이라는 이름을 쓴 종이를 들고 있는 사람이 보였다.

"여기요! 미스터 노! 여기요!"

노형진이 다가가자 그는 반가운 듯 손까지 흔들어 대며 불렀다.

노형진은 그를 보고 미소를 지었다.

"너무 타서 못 알아보겠는데요?"

"하하하, 베트남의 태양이 생각보다 강하더군요."

남자는 환하게 웃으며 말했다.

"이쪽은 오광훈 검사입니다. 이번 사건을 우리와 함께하고 있고요. 이쪽은 유정만 과장님. 베트남 새론 지부에서 근무하셔."

"안녕하세요. 오광훈입니다. 그랬지, 새론은 베트남 지부가 있구나."

오광훈은 부러운 표정이 되었다.

"쓰벌. 공무원이라는 조직은 일을 더럽게 안 해요."

"베트남 지부 있는 거랑 일하는 거랑 뭔 관계인데? 파견이라도 오고 싶어?"

"뭐, 좋지 않을까? 그래도 나름 유명 휴양지인데."

"그런 말 하면서 공무원 조직 일 더럽게 안 한다고 하면 안 되지. 너부터가 놀 생각뿐이면서."

노형진은 오광훈의 말에 피식 웃었다.

"근데 베트남에서 한국인에 대한 지원이 제대로 되지 않는 것도 사실이잖아."

"그건 인정."

오광훈은 검찰에 대해 말한 것이다.

한국에서 검찰 조직이 베트남에 와서 조사하려면 아마 승인만 한 달은 걸릴 테니까.

하지만 새론은 전화 한 통이면 된다.

물론 노형진이 대답한 건 검찰이 아니라 대사관을 까는 것이다.

대사관이 해야 하는 일을 제대로 하지 않아서 새론이 그 일을 하기 시작하면서 새론의 해외 진출이 시작되었으니까.

"일단 차로 가실까요? 굳이 여기 서서 이야기하실 필요는 없지 않습니까?"

"그러지요."

노형진은 유정만을 따라 공항 바깥으로 나가서 미리 준비된 차량에 올라탔다.

유정만은 차에 올라타 시동을 걸면서 입을 열었다.

"그나저나 상황이 다급하다고 해서 일단 전문가를 초빙해 놨습니다. 베트남 룽멍대학에서 역사학을 교육하고 계시는 분입니다."

노형진은 고개를 끄덕거렸다.

그런 사람이라면 자료가 있을지도 몰랐다.

"그쪽으로 바로 가지요."

"쉬지도 않고요?"

"지금 상황이 그럴 상황이 아니라서요."

"하긴 대충 이야기는 들었습니다. 베트남에도 국정원 지부가 있으니까요."

유정만은 고개를 끄덕거리고는 차를 몰았다.

"국정원이라면 여기서 총질을 해도 이상하지 않지요."

어떤 면에서는 한국보다 더 편하다.

베트남이라는 해외에서 벌어진 일이고, 베트남의 갱단은 분명 무장을 하고 있으니까.

"그러니 최대한 빨리 움직여 그들이 대응할 시간을 주지 말아야 합니다."

"알겠습니다. 일정은 최대한 빠르게 움직이지요."

유정만은 노형진과 오광훈을 데리고 바로 대학으로 향했다. 그리고 가는 길에 힐끔 뒤를 바라보았다.

"역시나 차량이 따라붙네요. 국정원일까요?"

"그럴 겁니다."

아무리 노형진과 오광훈이 몰래 왔다고 해도 국정원에서 그들의 동선을 모를 리는 없다.

그러니 현지 요원을 급파했을 가능성이 높다.

"저거, 어떻게 할까요?"

"음……."

노형진은 힐끗 뒤를 돌아보았다.

"야! 보지 마! 보지 마!"

"넌 또 왜 그러는데?"

"왜 그러긴! 영화에서 보면 이럴 때 보지 말라고 하잖아."

"그건 영화고. 그쪽이나 이쪽이나 따라다니는 거 뻔히 아는데 뭘 뒤돌아보지 말라는 거야."

"그런가?"

"어차피 다 아는 거야. 다만 불편할 뿐이지."

노형진이 말하자 유정만이 피식 웃었다.

"아마 그렇지도 않을 겁니다."

"네? 그게 무슨 말이지요?"

"한국 정부 요원들은 제대로 활동하지 않거든요. 특히나 저런 화이트 요원들은요."

블랙 요원들은 다 임무가 있고, 블랙 요원이 투입될 정도면 그 임무는 보통 중요한 것이 아니기 때문에 이쪽에서 다급하게 뺄 수가 없다.

"아마 화이트 요원이 오겠네요."

노형진은 이해가 간다는 듯 말했다.

"화이트 요원은 뭐야? 그 애들은 양복이 하얀색인가?"

"끄응…… 공식적으로 드러난 애들이야. 보통은 대사관에 무관으로 많이 오지. 블랙 요원은 비밀리에 오는 애들, 소위 말하는 스파이들이고."

노형진의 말에 유정만이 고개를 끄덕거렸다.

"그리고 화이트 요원들은 보통 대사관에서 일하면서 편하게 대접받아요. 그래서 이 시간대에 이쪽으로는 안 오지요."

"안 온다고? 그게 무슨 상관이야?"

"상관있지. 아주 상관있지. 내가 이 시간에 입국한 게 심심해서인 줄 알아?"

노형진은 씩 웃으며 말했다.

그리고 채 5분도 지나지 않아서 그들은 어마어마한 오토바이의 행렬 사이에 갇혀 버렸다.

"헐?"

"베트남은 가난한 나라야. 대부분의 사람들이 차가 아니라 오토바이로 출퇴근을 하지."

오토바이의 숫자는 족히 몇천이 넘었고, 그 사이에 끼어 버린 차들은 꼼짝도 할 수가 없었다.

"이런 상황에서는 바로 뒤에 있어도 못 따라가."

아니나 다를까, 그들을 따라오던 차는 오토바이의 행렬에 갇혀서 접근하기는커녕 점점 멀어지고 있었다.

"아마 속이 바짝바짝 탈걸."

유정만의 차를 따라오려고 했다면 똑같이 오토바이를 타고 오든가 헬기라도 동원했어야 했다.

하지만 그들은 차를, 그것도 세단을 타고 나왔고, 오토바이와 버스 그리고 트럭으로 가득한 베트남의 도로는 세단으로 무차별적으로 뚫기에는 무리가 있었다.

"우리가 보이지도 않을 겁니다."

유정만은 씩 웃으면서 코너에서 차를 돌렸다. 그리고 세웠다.

"뒤로 돌아가시면 택시가 있을 겁니다."

"미리 준비를 철저하게 하셨네요."

"정부 놈들이 우리를 좋게 보지 않아서요."

유정만은 씁쓸하게 말했다.

"하긴 그렇겠네요."

새론이 존재함으로써 대사관의 무능이 더더욱 드러날 수밖에 없으니까.

"이거야 원, 제가 변호사 사무실에 취업한 건지 아니면 스파이가 된 건지 모르겠다니까요, 하하하."

유정만은 웃으며 문을 열어 줬다.

노형진은 그의 말에 따라 차에서 내려서 골목을 지나 건너편으로 갔다.

그곳에는 한 대의 택시가 서 있었다.

"이걸 타고 가자."

"국정원 놈들은?"

"우리를 볼 수 있는 위치가 아니니까 아무것도 모르고 계속 저 차를 쫓겠지. 유정만 씨가 시내에서 교통지옥이 뭔지 느끼게 해 줄 거야."

노형진은 택시에 타면서 웃었다.

"스파이이니 그런 것 좀 배워야 하지 않겠어? 후후후."

⚖️

대학에서 만난 사람은 나이가 제법 있는 사람이었다.

그는 눈을 크게 뜨면서 노형진의 손을 잡았다.

"뚜언이라고 합니다."

물론 통역이 붙어서 이야기해 줘야 했지만 말이다.

"그런데 우리 역사에 관심이 많다고 들었습니다."

"정확하게는 특정 사건에 관해 관심이 많습니다. 그 당시의 전쟁범죄에 관한 의심을 들었거든요."

"전쟁범죄라……. 민간인 학살을 의심하고 있나 보군요."

뚜언 교수는 노형진이 더 설명하기도 전에 바로 알아들었다.

"어떻게 아신 겁니까?"

"아무래도 베트남전쟁은 얼마 되지 않은 전쟁이니까요. 그 전쟁에 참여했던 사람들이 각국에서 사회의 요직에 있을 시기이지요."

뚜언 교수는 미소를 지으며 말했다.

"개인의 경우는 아니지만 정치적 문제가 끼면 가끔 자료조사를 부탁하는 분들이 있습니다."

"으음……."

노형진은 쓴웃음을 지었다.

'하긴 그러겠네. 미국이라고 해서 정치를 안 하는 건 아니니까.'

더군다나 그 당시 미국은 어마어마한 사람들이 투입되었고, 그들 중 일부는 정치인이 되었다.

베트남의 민간인 학살은 미국에서도 여러모로 껄끄러운 문제니까.

"그래서 별로 놀라지 않으신 거군요."

"몇 번 해 봤으니까요."

어깨를 으쓱하면서 노형진에게 자료를 건네는 뚜언 교수.

"이건? 벌써 찾으신 겁니까?"

"그 당시에 한국군을 공격하는 데 2개 연대를 투입한 경우는 많지 않습니다. 더군다나 그랬는데도 불구하고 패배한 경우는 더 적지요."

뚜언은 미소를 지으며 말했다.

"우리에게는 창피한 일이지만요. 어찌 되었건 전쟁이었고, 패배는 패배니까요."

예상대로였다.

2개 연대가 투입된 전투. 그 정도 규모의 사건 기록이 남아 있지 않을 리가 없었다.

"이건 전쟁사에서도 큰 사건이었거든요. 그 당시 그 2개 연대를 지휘한 것은 부 반 비엣이지요."

그는 소위 말하는 다혈질이었다.

"그 당시에 2개 연대가 모인 목적은 다른 곳에 있는 미군 중대 습격이었습니다. 새로 진출하는 곳이었고 아직 미군이 방어 준비를 제대로 하지 못했다고 판단했기 때문이지요."

"그렇군요. 그런데 왜 갑자기 한국으로 공격 대상이 돌변한 겁니까?"

"그 부분이 중요합니다. 아까도 말했지만 전쟁범죄에 관해서는 여러 가지 이야기가 있지요. 그 사건 기록에 따르면 부 반 비엣을 찾아온 여자아이가, 한국군이 자기 마을 사람들을 죽였다고 했다고 하더군요."

"네? 그 자료가 있다고요?"

노형진은 눈을 크게 떴다.

증인을 찾을 생각으로 오기는 했지만 그다지 기대는 하지 않았다. 그런데 진짜로 증인이 있다니?

"우옌티쑤언이라는 아이입니다. 그 아이가 부 반 비엣의 부대를 찾아와 마을에서 일어난 사건에 대해 증언을 했고, 다혈질인 그는 욱해서 부대를 움직였습니다."

뚜언 교수는 그 진술서를 건넸다.

그걸 받아 든 통역사는 노형진을 바라보며 물었다.

"읽어 드릴까요?"

"네, 부탁드립니다."

그는 고개를 끄덕거리고는 그 진술서를 읽기 시작했다.

그제야 노형진은 그곳에서 벌어진 일이 이해가 가기 시작했다.

우옌티쑤언이 열한 살이던 해, 그녀의 마을에 한국군이 들이닥쳤다.

한국군은 베트콩을 찾는다는 이유로 온 마을을 들쑤셨고, 그 와중에 옆집에 살던 언니를 가장 높아 보이는 사람이 끌고 나왔다고 되어 있었다.

언니는 그에게서 벗어나려고 했지만 그는 강제로 언니를 끌고 빈집으로 들어가려고 했고, 전쟁 통에 그게 뭘 의미하는지 사람들은 모르지 않았다.

언니의 아버지는 다른 군인들을 밀치고 집으로 들어갔다.

이때까지만 해도 무력 충돌까지는 벌어지지 않았었다.

아무리 부하들이라고 하지만 장교가 하는 짓거리가 정신 나간 짓거리인 것을 모르지는 않았고, 마을 사람들이 피해자라는 인식은 있었기 때문이다.

그런데 상황은 언니의 아버지가 집 안에서 AK 소총을 들고나온 때부터 틀어지기 시작했다.

언니의 아버지가 어디서 그 총을 구했는지는 알 수가 없다. 원래 베트콩일 수도 있고 정글에서 누가 흘린 걸 주웠을 수도 있다.

어느 쪽이든 언니의 아버지는 총에 익숙한 사람은 아니었기에 그가 쏜 총은 대부분 빗나갔다.

"한 발만 빼고 말이지요."

"어떻게 아셨습니까? 어깨에 맞았다고 되어 있는데요."

"베트콩과 싸우다가 어깨에 총을 맞았다고 주장하더군요. 웃기네요. 그게 설마 강간을 하려다가 피해자 아버지한테 맞은 것이었다니."

노형진의 얼굴에서 비웃음이 피어올랐다.

그 총상 때문에 그는 훈장을 받았다.

그런데 그게 강간 미수의 결과였다니.

"하여간 그 총에 맞아서 그 한국 지휘관은 쓰러졌다고 되어 있네요."

지휘관은 다시 일어나 총으로 그 아버지를 쏴 죽였다고 한다. 마을 사람들은 경악한 나머지 숨소리도 제대로 내지 못했다.

그러나 상황은 그것으로 마무리되지 않았다.

지휘관이 부하들에게 뭐라고 명령을 내린 것이다.

부하들은 마지못해서 사람들을 창고로 밀어 넣었고, 소녀역시 어두컴컴한 창고에 갇혔다.

이윽고 바깥에서 시끄러운 소리와 함께 총소리가 몇 번 나더니 문이 열리고 수류탄이 날아들었다.

그리고 사격이 시작되었다.

"미친……."

오광훈은 듣다가 구역질이 난다는 표정이 되었다.

창고로 몰아넣고 총질을 한다는 것. 그건 대놓고 죽이려고 덤볐다는 소리다.

"그런데 어떻게……?"

증언에 따르면 그것도 부족해서 불까지 지른 것으로 되어 있었다.

그런데 생존자가 있다니?

"베트남 아닙니까?"

"네?"

"토굴은 기본 중의 기본이지요. 설사 베트콩이 아니라고 하더라도요."

언제 포탄과 총알이 날아올지 모르는 전쟁터.

더군다나 비정규전이라는 특성상 특정 전선이 있는 게 아니라 온 국토가 전쟁터다.

"끄응…… 그렇군요."

하긴 한국도 6.25 당시에 많은 사람들에 땅을 파서 숨었다. 한국도 그런데, 하물며 토굴에 익숙한 베트남 사람들이니 당연히 안전 대책을 세웠을 것이다.

"다행히 수류탄이 던져지고 나서 사격까지, 시간이 좀 있었답니다."

그래서 입구 쪽에 있던 몇몇은 죽었지만 나머지는 다급하게 파 둔 토굴을 통해 대피해서 목숨을 건졌다는 것.

그게 사건의 전말이었다.

"허, 그런 일이 있었다고요?"

"전쟁입니다. 신사적으로 전쟁하는 나라는 없지요."

뚜언은 고개를 흔들었다. 그리고 노형진에게 물었다.

"자료는 이걸로 충분한가요?"

"충분한 것 같군요. 혹시나 그 당시 생존자들과 연락이 가능할까요?"

뚜언은 웃으며 고개를 끄덕거렸다.

"그 안에 생존자들의 주소가 나와 있습니다. 물론 갱신한 지 오래되어서 아직도 거기에 사는지는 모르지만요."

"감사합니다."

노형진은 자료를 가지고 천천히 바깥으로 나왔다.

의심이 확신으로 변하니 황국태라는 그 인간에게 더 구역질이 나는 기분이었다.

그런 미친 짓을 벌이고도 뻔뻔하게 정치를 하다니.

"아니, 뻔뻔하니까 정치를 한 건가?"

노형진이 중얼거리자 오광훈이 인상을 찡그리며 대꾸했다.

"그럴지도. 그나저나 진짜 구역질 난다. 이래서는 일본군과 다를 바가 없잖아?"

"응?"

"아니, 그렇잖아. 일본군도 학살을 그렇게 했는데 한국도 했잖아?"

오광훈의 말에 노형진은 머리를 긁적거렸다.

"꼭 너 같은 사람들이 있지."

"뭐야? 그럼 너는 우리가 일본군보다는 낫다는 거야?"

오광훈이 약간 놀란 기색으로 노형진을 쳐다봤다.

노형진은 잠시 생각하다가 대답했다.

"음…… 일단은."

"일단은?"

"일단 좀 다른 게, 일본은 사과를 하지 않았지만 한국은 했어."

"뭐?"

오광훈은 묘한 표정이 되었다.

한국이 사과했다는 소리는 처음 들었으니까.

"그게 무슨 소리야? 난 처음 듣는데."

"벌써 오래전에 했어. 그 당시 베트남 정부가 사과를 거부해서 그렇지."

"엥? 그건 또 뭔 소리야? 뭐, 일본처럼 묶어서 이걸로 퉁치자 그런 거?"

"그건 아니야. 정확하게 말하면 거부했다기보다는, 전쟁 중에 충분히 일어날 수 있는 일이라고 일축하고 넘어갔지."

노형진은 입맛을 다시면서 말했다.

어찌 보면 이런 역사는 가르쳐야 한다.

치부이기는 하지만, 부끄러운 걸 알아야 다시는 똑같은 짓을 하지 않으니까.

하지만 제대로 가르치지 않으니 도리어 한국이 사과를 하지 않았다는 어이없는 말이 도는 것이다.

"그리고 애초에 그 당시 한국군은 이런 전쟁범죄에 대해 상당히 빡빡하게 통제했고."

"빡빡하게?"

"그래. 강간 사건이 없었던 건 아니야. 있었지. 전쟁 통에 눈 돌아간 놈들이 한둘이었겠어? 하지만 언제나 가해자는 즉결 처형이었어. 그들을 보호한 게 아니라, 아주 대놓고 죽여 버렸지. 사실 그 당시 한국군은 다른 군에 비해서 훨씬 신사적이었지."

"헐?"

오광훈은 몰랐다는 듯 눈이 커졌다.

물론 군대에서 즉결 처형이 인정된다고 하지만 진짜 벌어지는 경우는 드무니까.

"진짜?"

"그래, 진짜야. 심지어 장군이 포로를 구타했다고 장군에게 줄 훈장이 취소될 정도였으니까."

"어떻게……?"

"말했잖아. 빵. 즉결 처형."

"아……."

아무리 통제가 잘된다고 해도 미친놈은 어디에나 있기 마련이다.

범죄에 대한 처벌이 강해지면 어떻게 될까?

범죄가 사라질까?

줄어드는 것은 사실이다. 하지만 범죄가 완전히 사라지지는 않는다.

"어떤 범죄들은 도리어 강해지지. 가령 이런 사건 같은 건 말이지."

어차피 걸리면 즉결 처형.

하지만 걸리지만 않으면 처벌도 없다.

"그러면 걸릴 일 자체를 하지 않으려고 할까, 아니면 안 걸리기를 기도할까?"

노형진의 말에 오광훈은 혀를 끌끌 찼다.

그도 범죄자였으니 안다. 어차피 강력 처벌이라면 걸리지 않는 방법을 찾을 것이다.

"하지만 그 부하들은 뭐야?"

"나도 그 부분이 이상했어. 하지만 이 자료를 보니 좀 이해가 가네."

강간 사건이 벌어질 당시 부하들은 탐탁지 않게 생각한 것이 분명하다.

부모가 아무리 화가 났다고 하지만 수십 명의 병사들을 뿌리치고 집으로 들어간다는 것은 쉬운 일이 아니다.

아마도 병사들은 그를 제대로 막을 생각이 없었을 것이다.

다만 그 안에서 총을 들고나올 줄 몰랐던 것이 문제지.

"그 이후의 진술에서도 그래. 총소리가 들리고 잠잠했다고 했어. 그런데 총알이 창고로 날아온 건 아니지."

만일 학살이 목적이었다면 무차별적으로 사격을 했어야 했다.

"그러면 이렇게 생각할 수 있지. 총을 하늘로 쏘면서 부하들을 통제하려고 했다."

부하들이 그의 명령에 무조건 따르려고 하지는 않았을 것이다. 무슨 일이 벌어지는지 봤을 테니까.

"그리고 좀 이따가 수류탄이 하나 날아왔어."

그래서 입구에 있던 몇몇 사람이 죽었다.

"그리고 시간이 지나서 사격이 시작되었지. 통제가 제대로 되지 않았다는 의미야."

"하지만 사격을 한 건 사실이잖아?"

"그 당시 병사들의 지식수준은 낮았으니까."

진짜 중학교만 나왔어도 나름 공부했구나 하던 시대다.

"그런 그들에게 적당한 협박은 움직이게 만드는 원동력이겠지. 가령 수류탄을 까 넣었으니 너희는 이제 공범이다, 내가 공범이라고 한마디만 하면 너희도 총살이다 같은 식으로 말이야. 실제로 범죄자들이 군중을 통제할 때 많이 쓰는 방법이 강제로 공범으로 만드는 거니까."

"허, 너 거기에 있었던 거 아니지?"

듣다 보니 그럴듯했기에 오광훈은 혀를 내둘렀다.

"그럴 리가 있냐?"

노형진은 어깨를 으쓱했다.

그의 능력은 사이코메트리지 시간 여행이 아니다.

물론 지금 같은 경우는 그마저도 안 썼지만, 너무 뻔하게 보였다.

"그리고 살아남은 베트남 사람들이 신고, 아니 이걸 신고라고 해야 하나? 하여간 군부대에 도움을 요청했고, 그 결과가 2개 연대의 기습이었지."

그리고 그 전투에서 그 당시 함께 나갔던 3소대는 세 명을 제외하고 전원 사망했다.

"그런데 여전히 이해가 안 가는 게 있어. 도대체 그 당시 병사들이 왜 신고를 안 한 거야? 단순히 명령이라서?"

"아니, 그건 아니야. 황국태의 부대는 독립 중대였거든."

"독립 중대?"

"그래. 아예 따로 진지를 차리고 그곳에서 방어 작전을 하는 부대."

당연하게도 그곳에는 다른 인접 부대가 없다.

다른 곳으로 가기 위해서는 안전한 방어진지에서 나와서 다른 부대로 이동해야 한다.

"그것도 걸어서 가기는 힘들지. 대부분 정글을 뚫고 나가야 해. 아니면 차를 타고 가든가. 그게 가능하겠냐?"

누가 적인지도 모르는 상황에서 정글에 난 도로를 걸어간다?

자살 희망자라는 소리밖에 안 된다.

"그렇다고 황국태가 차를 주겠냐? 애초에 차가 많은 것도 아닌데."

안전하게 움직이려면 최소한 1개 분대 이상이 차량으로 이동해야 하는데 그게 가능할 리가 없다.

"아마도 누군가는 나가게 되면 신고하려고 했을지도 모르지."

하지만 며칠 후 베트콩 2개 연대가 몰려왔고 그들은 총알받이가 되었다.

"그러면 황국태가 지원해 주지 않은 것도 이해가 되지. 자기 비밀을 감추고 싶었을 테니까."

결국 드러난 진실. 그것도 제법 확실하게 드러난 진실.

"그런데 베트남은 이런 걸 왜 조사하지 않는 거야? 이런 걸 조사해서 정치적으로 이용해 먹으면 제법 쏠쏠할 것 같은데. 아무리 사과했다고 해도 그렇지, 새로운 사건이잖아? 뭐 일본처럼 우리는 한 방에 퉁쳐서 해결했다는 것도 아니라면서?"

물론 그렇게 사과를 했다 해도 그건 국가에 대한 배상이지 개인에 대한 배상이 아니다.

생존자가 살아 있다면 그리고 한국의 상황을 본다면, 사과를 요구하며 배상을 청구하면 한국은 안 줄 수가 없다.

그랬다가는 진짜 대놓고 '우리는 일본과 같은 놈들입니다.'라고 말하는 꼴이니까.

"뭐, 득보다 실이니까."

"득보다 실?"

"그래. 제주 4.3 사건 아냐?"

"그건 또 뭔데?"

"이 무식한 놈아…… 끄응……. 1948년에 한국군이 제주도민을 학살한 사건이야. 그 당시에 제주도민 몇만 명이 죽었지."

"뭐?"

오광훈은 잔뜩 놀란 표정이 되었다.

하긴 그는 그런 걸 잘 모를 테니까.

"그게 제대로 조사되기 시작한 건 1990년대 말이고 사과를 한 건 2004년이야. 그 전에는 정부에서 그 사건을 부정했지."

"부정?"

"그래. 자국민을 학살한 군대, 그게 자랑스러운 기록은 아니잖아?"

노형진은 어깨를 으쓱하며 말했다.

"그리고 북베트남은 공산 진영이었고 남베트남은 민주주의 진영이었어."

그리고 전쟁에서 북베트남이 이겼고 다른 나라는 모조리 철수했다.

타국민이 전혀 없고 언론인도 전혀 없는 대혼란의 사태.

"무슨 일이 벌어졌을 것 같냐?"

"아……."

전쟁의 광기에 미쳐 버린 사람들.

그리고 승리에 취한 사람들.

공산주의 국가들은 사유재산을 부정한다. 그런데 자유 진영 사람들은 재산을 가지고 있다.

"개판 되는 거지."

통제되지 않는 상황에서 얼마나 많은 학살이 벌어졌을지 알 수가 없다.

"만일 그걸 조사하기 시작하면 공산당, 그러니까 북베트남군에 의해 벌어진 학살이 드러날 텐데, 그 숫자가 10만은 무조건 넘을걸."

그리고 그게 드러나는 것은 현재 베트남 정부 입장에서는 정치적으로 무척이나 부담이 큰 행동이다.

"당장 봐 봐. 이렇게 확실한 증거가 있는 사건조차 딱히 수사도, 항의도 안 해. 그쪽에서는 그런 문제를 언급하고 싶지 않은 거지. 수사의 첫 번째 단계는 누가 죽였는지부터 조사하는 거니까."

"정치적인 거구먼."

"그렇지."

"와, 개복잡하네."

노형진의 말에 오광훈은 머리를 부여잡았다.

"쓰벌. 마음에 안 드는 새끼 족치는 게 난 맘 편하다."

"큭큭, 누군들 안 그렇겠냐."

노형진은 피식 웃으며 말했다.

"그러면 이거 가지고 가서 까면 끝나는 건가?"

"안 될걸."

"응? 그건 또 무슨 소리야?"

"깐다고 언론에서 이걸 이야기하겠어? 안 봐도 뻔하지. 아까 말했잖아, 베트남에서는 이걸 조사할 의사가 없다고."

당연하게도 정부에서는 이 사건을 그 당시에 있었던 수많은 베트콩 사건처럼 취급할 게 뻔하다.

"가장 확실한 방법은 피해자를 만드는 거야. 피해자가 없으면 조작하면 되지만, 피해자가 존재하면 조작이 힘들거든."

노형진은 서류를 흔들며 말했다.

"그리고 국정원에서 그 관련자를 처리하려고 하겠지, 후후후."

노형진은 씁쓸한 미소를 지으며 말했다.

"하지만 과연 외국인을 죽일 수 있을까?"

자국민이야 그렇다고 친다고 해도 베트남 국민을, 그것도 양민 학살 사건의 증인을 죽이는 건 국정원 입장에서도 극도로 부담스러운 상황이다.

"더군다나 지금 대한민국은 대호황이야."

일본의 방사능 문제가 터지면서 갑자기 한국산 물품의 판매량이 급증하는 상황이다.

그런 상황에서 과연 황국태를 지키려고 할까?

"황국태는 팽 당한다에 100억 걸지, 후후후."

역사의 단죄

황국태는 입술이 바짝바짝 말랐다.

단순히 자살로 처리될 일이었다.

곽성수가 죽었을 때, 그는 더 이상 자신의 앞을 막을 일이 없을 거라 생각했다.

그런데 오광훈이라는 검사가 끼어들고 새론과 노형진이 끼어들자 그는 노이로제에 걸릴 지경이었다.

"그 노형진인가 하는 그 새끼는 뭐 하는 거야? 어? 베트남에 있다면서!"

"그게, 저희도 요원을 붙이고 있지만 요리조리 빠져나가고 있습니다."

"그 새끼를 잡아 오란 말이야!"

"하지만 그가 불법적으로 뭘 하는 것도 아니고……."

"너희가 그러고도 국정원이야! 어!"

국정원장은 입을 꾹 다물었다.

'다른 놈 같으면 이러지도 않는다고.'

막말로 한국에서 국정원에 찍히고 살 수 있는 사람은 없다.

하지만 노형진은 예외다.

개인으로서는 그저 변호사다. 하지만 그는 CIA의 비호를 받고 있고 미다스의 아시아 대리인이며 대룡의 고문 변호사다.

그냥 마음에 안 든다고 족치기에는 너무나 위험하다.

당장 몇 번 엿 먹이려다가 잃은 요원이 몇 명인가?

'더군다나 이번 사건은 너무 위험해.'

다른 사건들은 그나마 어떻게 변명이라도 해 볼 여지가 있는 반면 이건 변명의 여지도 없는 반역 행위다.

정권을 위해 국민을 죽여야 한다니.

아니, 그거야 흔하게 할 수 있는 일이지만, 이번에는 정권이 아니라 개인의 범죄를 감추는 데 집중되었다.

그러니 적극적으로 나설 수도 없는 것이 현실이다.

"그 병원에 있는 새끼는 어떻게 되었어? 어?"

"그게, 철저하게 감시하고 있어서 접근하기가 쉽지 않습니다."

"아니, 간호사로 분장해서 들어가면 될 거 아냐!"

"하지만 총리님, 현실과 영화는 다릅니다."

이것이 법이다

영화에서는 의사나 간호사로 꾸미고 들어가서 쉽게 암살하지만, 현실에서는 눈에 익은 간호사나 의사가 아니면 들여보내 주지 않는다.

"설사 들여보내 준다고 해도 우리가 뭘 어떻게 하기에는 한계가 있고요."

"그게 무슨 소리야! 뭘 어떻게 못 한다니!"

"이미 그는 모든 증언을 새론에 넘긴 것으로 보입니다. 촬영 장비가 안에 들어갔다고 하니까요. 그런데 그가 갑자기 죽고 그 영상이 공개되면 어떻게 되겠습니까?"

"끄응……."

안 봐도 뻔하다.

그다음에는 왜 죽었는지가 문제가 될 수밖에 없다.

"그런 상황에서 우리가 섣불리 움직이면 득보다는 실이 큽니다."

"망할!"

황국태는 입술을 깨물었다.

"이제는 다 지난 일이라고 생각했는데."

3소대가 다 죽고 모든 비밀은 사라졌다.

곽성수가 살아 있기는 했지만 그는 이 문제를 꺼낼 생각을 하지 않는 것 같았다.

하지만 곽성수라는 존재 자체가 대통령이 되려는 황국태에게 상당한 부담이 되었고, 결국 황국태는 곽성수를 지워

버리기로 했다.

거기까지는 좋았다.

그런데 갑자기 일이 꼬이기 시작한 것이다.

"일단 그쪽은 생각하지 않으셔도 됩니다."

"그게 말이나 돼?"

"그 남자, 어차피 간암 말기입니다. 오래 못 삽니다. 그 증언 영상이 나간다고 해도 정신이상으로 몰아가면 됩니다. 독한 약 때문에 그럴 수 있는 거 아닙니까? 그러면 언론에서는 적절하게 커트해 줄 겁니다."

"그러면 다행인데. 젠장. 그 오광훈인지 뭔지 하는 새끼는 어떻게 할 거야?"

"그게 문제이기는 합니다만."

전이라면 가차 없이 사고사로 처리했을 것이다.

하지만 뒤에 있는 노형진이라는 존재가 너무 부담스러웠다.

"일단은 그쪽도 별다른 증거가 없는 걸로 보이니 그냥 두지요. 그 당시 일을 아는 사람들은 모두 죽었으니."

그때 국정원장의 핸드폰이 '딩동' 소리를 냈다.

국정원장은 핸드폰을 집어 들었다. 핸드폰을 들여다본 그의 얼굴이 사정없이 일그러졌다.

"이런……."

"이런? 도대체 또 뭔데? '이런'이라니? 일이 틀어진 거지? 그런 거지?"

"그게……."

국정원장은 곤혹스러운 듯 말했다.

"베트남 쪽에서 관련 증거를 가지고 있었답니다."

"뭐?"

"그 증거를 베트남 쪽에서 가지고 있었고, 생존자들도 있답니다. 지금 노형진이 그들과 접촉하러 갔다고……."

황국태의 손이 눈에 띄게 떨리기 시작했다.

"막아! 어떻게 해서든 막아! 암살을 하든 납치를 하든, 어떻게 해서든 막으라고!"

그는 자신의 인생이 망가지는 것을 가만히 두고 볼 수가 없었다.

⚖

"아마 지금쯤 황국태에게 우리가 자료를 얻었다는 사실이 알려졌겠지."

노형진은 느긋하게 말했다.

그리고 그런 느긋한 모습에 오광훈은 질려 버렸다는 표정이 되었다.

"넌 걱정 안 되냐? 당장 어디서 총알이 날아올지 모르는데!"

"그렇게까지는 못 하지. 아무리 국정원이라고 해도 말이야."

노형진은 호텔의 창밖을 내다보면서 받아 온 서류를 흔들었다.

"지금쯤 내가 보낸 이메일 내역을 엄청나게 추적하고 있을 테니까."

노형진은 자신의 계정으로 이메일을 보냈다.

관련 내용과 서류의 스캔본이었다.

"우리를 죽이는 순간 바깥으로 뉴스가 나가는 건 확정적이야. 그러니 우리를 죽일 수도 없어."

"그래도 되는 거야?"

"원래 비밀은 비밀이 아니어야 위력을 발휘하는 거야."

"뭐? 그게 뭔 소리야?"

"생각해 봐. 우리가 이 비밀을 꽉 쥐고 절대 안 풀어 두고 있다면 도리어 우리를 죽이는 게 더 편해지지. 정보가 어디에 있는지 모르니까 다른 사람도 모르거든. 하지만 우리의 생존이라는 조건을 걸고 뿌려 두면 그들도 손쓰지 못해."

"으음…… 이해는 가는데. 아우, 머리 아파. 난 이런 거 진짜 싫다."

자기는 모르겠다는 듯 침대에 벌러덩 누워 버리는 오광훈.

"복잡해. 너무 복잡해."

"너처럼 단순 무식하게 살 수 있으면 얼마나 좋겠냐?"

"그거 칭찬 같지 않은데?"

"칭찬이겠냐?"

노형진은 피식 웃으며 말했다.

"일단 우리가 할 일은 이제 기다리는 것뿐이야."

"누구를?"

"국정원 요원."

"아니, 그 애들을 왜 기다려? 이미 따라다니고 있는데!"

노형진은 창문을 바라보다가 몸을 돌려서 커튼을 치고 다른 침대에 걸터앉았다.

"내가 아니라 다른 사람들을 노리겠지."

"그게 무슨 소리야?"

"아까 말했잖아, 지금 국정원은 내 이메일을 뒤지고 있을 거라고. 난 이 서류를 모조리 스캔해서 이메일로 보냈어. 이미 서류는 우리에게 있는 상황이지. 그러면 이 사건이 문제가 되지 않게 하기 위해서, 저들은 어떻게 해야 할까?"

"어떻게 하긴, 당연히 관련 자료를 지워야지."

"하지만 그건 우리에게 있잖아."

"그건 그러네. 그러면 관련자를 지운다?"

"빙고. 정답."

노형진은 서류를 펼쳤다. 거기에는 그 당시 살아남은 사람들의 연락처가 남아 있었다.

"서류만 있을 뿐이라면 조작이라고 주장하기도 쉽지. 하지만 증인이 있다면 이야기가 좀 달라지거든. 지금쯤 국정원에서는 이 사람들을 지우려고 하겠지."

노형진은 이미 그 당시 생존자들에 대해 알아봤다.

대부분 가난하게 살고 있으며, 딱히 사회적으로 덕망이 있
거나 사라진다고 해서 문제가 될 만한 사람은 없다.

"베트남에서 민간인 몇 명 죽는 게 국제적인 문제를 일으
킬 거라는 생각은 하지 않을 거야. 그게 현실이고. 애초에 베
트남은 치안이 좋은 나라가 아니니까."

심심찮게 강도 사건이 벌어지고 여전히 밀수된 총기가 돌
아다니는 게 베트남이다.

가끔은 정글 깊숙한 곳에서 베트남전쟁 당시에 감춰 놨던
무기들까지 튀어나오는 곳이고.

"그러니 그들이 죽는다고 해도 결국은 그걸로 끝이겠지."

노형진은 씩 웃으며 말했다.

"물론 그 범인이 잡히지 않았을 때의 이야기지만, 후후후."

⚖️

"표적 확인."

국정원의 블랙 요원인 이중선은 허름한 집으로 들어가는
사람을 보면서 무전기에 대고 말했다.

"주변에 이상 징후 없음."

─카피.

상대방의 짧은 답변.

이중선은 보고를 마치고는 그곳에서 멀어졌다.

"짜증 나는군. 내가 이러려고 국정원 왔나."

아무리 애국심을 세뇌한다고 해도 인간의 이성이 사라지는 것은 아니다.

이중선 입장에서는 무슨 첩보 작전도 아니고, 민간인에 대한 암살이 탐탁지 않았다.

"빨리 끝내고 한국으로 돌아가야지. 다른 새끼들은 편하게 에어컨 아래에서 일한다는데, 닝기미. 난 이게 뭐야?"

그는 툴툴거리면서 베트남 특유의 밀짚모자를 눌러썼다.

하지만 주변 사람들과 확연하게 다른 그의 피부를 감출 수는 없었다.

"지금쯤이면 정리되고 있겠지."

오늘 표적이 된 여자가 무슨 잘못을 했는지는 모른다.

하지만 명령은 떨어졌고, 그 집행 여부를 결정하는 건 그의 권한이 아니었다.

"빨리 떠나야겠군. 일단 안전을 위해 필리핀 쪽으로……."

미리 준비한 가짜 여권을 챙기던 이중선은 갑작스러운 소리에 고개를 획 돌렸다.

탕탕!

타타타탕!

탕탕탕.

그가 감시하던 집, 그곳에서 나는 총소리.

그 총소리를 들으면서 이중선은 일이 실패했다는 걸 알아차렸다.

"이런 젠장!"

그의 임무는 그저 감시일 뿐이다.

물론 암살 팀이 따로 들어가고 그들은 모두 무장을 하고 있다.

하지만 그들은 안전을 위해 전원 소음기를 장착한 총을 쓴다. 그런데 이 총소리는 절대 소음기를 장착한 총성이 아니었다.

"이거 어떻게 된 거야?"

일개 개인이 요원들을 대상으로 총격전을 치른다? 이건 말도 안 된다.

더군다나 훈련받은 그는 알 수 있었다.

지금 들리는 총소리는 최소한 네 개 이상이며 모두 다 소총 타입이라는 것을.

"지우개! 지우개! 응답하라! 지우개!"

다급하게 상대방 콜사인을 부르는 이중선.

그러나 상대방의 대답은 신음과 비명이었다.

─함정이다! 당장 탈출을…… 크악!

"젠장, 여기는 크낙새! 올빼미! 상황 확인 바란다!"

높은 곳에서 저격 및 감시를 담당하는 다른 팀인 올빼미 팀.

그런데 아무리 불러도 그들은 대답이 없었다.

"여기는 크낙새. 작전을 실패했다. 알파 지점으로 간다. 다시 말한다. 알파 지점으로 간다. 젠장! 누구라도 응답해 봐!"

하지만 응답이 없는 무전기.

이중선은 어쩔 수 없이 무전기를 옆 좌석에 던지고는 미친 듯이 차를 몰아 감춰진 안가로 내달렸다.

그리고 그곳에 들어갔을 때, 그는 그곳을 지키던 다른 사람들을 만날 수 있었다.

"어떻게 된 거야? 지금 난리가 났어. 도심 한복판에서 총격전이라니!"

"저도 모르겠습니다. 함정이라고만 합니다. 정확하게 알려진 거 없습니까?"

"상대방이 섬광탄으로 우리 애들 싹 쓸어 갔어."

"섬광탄요?"

"그래."

이중선은 입술을 깨물었다.

섬광탄까지 썼다는 것은 단순히 갱단이나 개인이 아니라 훈련받은 군사작전 팀이라는 소리이기 때문이다.

"도대체 그 여자가 누구이기에 이런 일이 벌어지는 거야?"

팀장은 미칠 노릇이었다.

명령 때문에 암살을 시행하기는 했다. 그런데 순식간에 암살 팀 하나가 그대로 날아갔다.

암살 팀을 키우는 게 쉬운 일이 아님을 생각하면 죽을 맛이다.

"가장 큰 문제는 그 새끼들이 우리 애들을 산 채로 잡아갔다는 거야."

"산 채로요?"

"그래."

"이런…… 큰일 났습니다."

차라리 죽었다면, 몰랐다고 우기면 된다.

하지만 산 채로 잡혀간 요원 중 한 명이라도 입을 열면 여러모로 곤란할 수밖에 없다.

"당장 안가를 비워야 합니다. 혹시 모르니 대사관에도 연락하시면 안 됩니다. 우리는 존재하지 않는……."

말을 이어 가려고 하는 순간 뭔가가 창문을 깨고 날아들었다. 그 사실을 인지하는 순간, 다들 일이 글러먹었다는 것을 알아차렸다.

"피해!"

하지만 피할 수가 없었다.

엄청난 충격과 빛. 그리고 무너지는 몸.

섬광탄이었다.

쾅!

문이 부서지는 소리가 들렸다.

이중선은 본능적으로 보이지는 않았지만 문이 있다고 생각되는 쪽으로 권총을 갈겼지만, 그에게 돌아온 것은 강력한 개머리판이었다.

'퍽!' 하는 소리와 함께 이중선의 기억은 끊어지고 말았다.

⚖️

"이런……."

베트남의 한국 대사관은 발칵 뒤집어졌다.

베트남 한국 대사는 사진을 눈앞에 있는 남자에게 던지고는 소리를 질렀다.

"이거 어쩔 겁니까! 네?"

베트남의 한국 대사관으로 온 사진과 편지.

거기에는 눈을 가리고 입을 막고 있는 사람들이 있었다.

무려 아홉 명이나 되는 사람들.

"1억 달러를 달랍니다! 1억 달러! 지금 나 몰래 무슨 짓을 한 겁니까!"

"국가 기밀입니다."

"국가 기밀? 지금 그런 말이 나와요! 그러면 1억 달러는 당신이 재주껏 만드세요!"

사로잡힌 국정원 요원들의 몸값으로 1억 달러를 현금으로 내놓으라는 협박 편지.

그리고 마흔여덟 시간 내에 주지 않을 경우, 요원들의 신병을 베트남 주재 북한 대사관으로 넘기겠다는 협박.

베트남은 공산당이 지배하는 국가이며, 당연히 북한 대사관도 존재한다. 그들에게 이들의 신분이 넘어가면 국정원 자체가 와해될 수도 있는 수준의 문제였다.

"도대체 나 몰래 무슨 짓을 하고 있는 겁니까!"

아닌 밤중에 날벼락이라고, 느긋하게 파티를 즐기고 있던 주베트남 대사는 갑자기 날아든 날벼락에 정신을 차릴 수가 없었다.

"기밀입니다."

주재무관 역시 비밀이라고 계속 이야기하고 있지만 사실 사정은 그도 잘 몰랐다.

그저 그녀를 죽이라는 이야기만 있었으니까.

"젠장, 이거 어쩔 겁니까?"

"상부에 보고하고……."

"설마 지금 이 문제를 다른 곳에서 모를 거라고 생각해요? 이미 청와대에서는 대통령이 비상 회의 중이십니다."

주재무관은 입술을 깨물었다.

"이거 나는 절대 관련 없습니다. 알겠습니까? 알겠느냐고요!"

대사의 말에 그는 그저 고개를 숙이고 있을 수밖에 없었다.

⚖

"와우, 본격적인데?"

노형진은 옆방에 잡혀 있는 요원들을 보면서 혀를 내둘렀다.

"기껏해야 강도로 위장할 줄 알았는데?"

베트남에도 미국에서 파견된 군사 기업이 있다.

노형진은 그들에게 우옌티쑤언의 경호를 맡겼다.

그들은 네 명을 보내서 경호를 시작했는데, 국정원은 아예 암살 팀을 보냈던 것.

"섬광탄이 없었으면 큰일 날 뻔했어."

어찌 되었건 노형진의 예상대로 그들은 암살을 시도했고, 일이 틀어진 후에 도망치는 그들을 제압하는 것은 어려운 일이 아니었다.

"그런데 이거 심각한 문제 아니냐? 국정원 요원인데."

오광훈은 찔끔한 표정으로 말했다.

다른 사람도 아니고 국정원 요원을 인질로 잡다니.

"누가? 내가? 난 그런 적 없는데?"

"그게 무슨 소리야?"

"국정원 블랙 요원은 존재하지 않는다, 몰라?"

존재하지 않지만 존재한다. 그가 죽어도 정부는 공식적으로 부정한다.

"요즘은 인터넷에서 국정원 직원을 모집하던데?"

"그건 화이트 요원이나 단순 업무 담당이지. 이런 암살 팀을 누가 인터넷으로 모집하냐?"

"그런가?"

"그래. 그러니까 내가 저들을 잡았지만, 정확하게는 난 누

구도 잡은 적이 없어. 내가 잡은 건 그저 완전 중무장한 강도
일 뿐이지."

노형진은 실실 웃으며 말했다. 하물며 일반 국정원 블랙
요원도 그런데 암살 팀이야 뻔하다.

"그런데 돈을 왜 달라고 한 거야?"

오광훈은 눈을 찌푸리며 말했다.

"우리 목적은 황국태를 잡는 거 아니야? 그런데 점점 엉뚱
한 방향으로 흘러가는 것 같다?"

"황국태는 거물이야. 현직 총리라고. 그리고 아무리 레임
덕이 온다고 하지만 홍안수는 대통령이니, 지금 어쭙잖게 터
트려 봐야 그가 모든 사건을 덮을 거야. 그에게 황국태는 자
기의 미래가 달린 중요한 사람이니까."

노형진은 오광훈의 걱정을 안다는 듯 말했다.

"이번 사건의 핵심은 진실을 밝히는 게 아니야. 사실 진실
을 밝히는 거야 어렵지 않지. 관련자들도 다 있고 증인도 있
고 증거도 있으니까. 홍안수와 자유신민당이 사건을 덮지 못
하게 하는 것이 관건이야."

"그건 그런데."

오광훈은 입맛을 쩝쩝 다셨다.

"그런데 이 사람들을 진짜로 북한으로 넘길 건 아니지?"

"내가 미쳤냐? 난 변호사지 매국노가 아니거든."

"그런데 1억 달러는 뭐야?"

"공식화시키기 위한 조건이지."

"공식화?"

노형진의 말에 고개를 갸웃하는 오광훈.

그 순간 누군가 문을 두들기는 소리가 들렸다.

"페덕스입니다."

"아, 왔나 보네."

노형진은 문에 달려 있는 신분 확인용 렌즈를 통해 상대를 확인하고는 물건을 받았다.

제법 두꺼운 서류 뭉치.

노형진은 그걸 받아 들고 내용물을 확인했다.

"음, 빙고."

"빙고? 뭐야, 이 사람들? 어라?"

"우리나라의 학벌 지상주의에 축복이 있으라."

노형진은 키득거리면서 사진 뭉치를 꺼내 들었다.

그중에는 자신들이 잡았던 요원 중 네 명의 사진이 들어 있었다.

"어? 이거 어떻게 된 거야?"

"국정원 요원은 학벌을 무척이나 중요시하거든. 전에 한 번 말 안 했나? 그들은 유수의 대학에 가서 국정원에 대해 홍보한다고. 너도 아까 그랬잖아, 인터넷에서 요원을 모집한 다고. 그리고 너도 알다시피 우리나라 학연은 쩔어 주지."

노형진은 사진을 스윽 내밀었다.

"보통 이런 작전에서 실무자들, 그러니까 돌입 팀은 군인 출신을 뽑지. 하지만 지휘관들은 군인 출신이 아니라 자기 라인을 뽑아. 그래야 실적을 쌓아서 승진하니까."

"국정원까지도 능력이 아니라 인맥으로 팀을 구성한단 말이야?"

"국정원까지도가 아니라 국정원이니까 그럴 수밖에 없지. 국정원이 가지는 권력이 어느 정도라고 생각해?"

겉으로는 음지에서 양지를 지향한다고 하지만 현실적으로 국정원은 권력을 가지기 위해, 권력자들에게 줄서기 위해 노력한다.

"존재하지 않는다고 하지만 그렇다고 해서 사람이 아예 사라지는 것은 아니지."

노형진은 사진을 툭툭 치면서 말했다.

다름 아닌 졸업 앨범에 들어 있는 사진이었다.

"가족들에게 이 사실이 알려진다면 어떻게 될까?"

노형진은 싱긋 웃었다.

"아마 가족들은 난리가 날걸."

대부분의 부모들은 자녀가 무슨 일을 하는지도 몰랐을 것이다. 하지만 이제는 알게 되었고, 자식의 목숨이 촌각에 달렸다는 것도 알게 되었다.

"부모님이라는 존재는 자식을 살릴 수만 있다면 뭐든 하는 사람이지, 후후후."

노형진은 대사관에 보낸 것과 똑같은 자료를 가족들에게 보냈다.

물론 가족들은 난리가 났다.

단순히 공무원인 줄 알았던 가족이 국정원이고, 그것도 암살 작전을 하다가 사로잡혔으며, 1억 달러를 주지 않으면 북한으로 신분을 넘긴다는 말에 정신이 아득해졌다.

"제발, 대통령님! 제 아이를 살려 주세요!"

"우리 중선이 좀 살려 주십시오, 제발……!"

"제발 살려 주십시오, 대통령 각하! 제발, 제가 국가에서 받은 훈장을 반납하겠습니다! 이걸 드릴 테니 제발…… 제발 제 아들만은……!"

가족들이 믿을 수 있는 곳은 오로지 국가뿐이었고, 그들은 언론을 통해 국가에 애원을 했다.

물론 정부 입장에서는 미치고 팔짝 뛸 일이었다.

"후우."

홍안수는 분노를 삼키기 위해 최대한 깊게 심호흡을 했다.

하지만 그런다고 해서 분노가 사라지는 것은 아니었다.

"그래서, 우리가 할 수 있는 게 없다고?"

"죄송합니다. 제가……."

"황 총리, 지금…… 내가 바보로 보이나?"

황국태는 고개를 숙였다.

자신이 저지른 일이 너무나 컸기 때문이다.

"제대로 일을 처리하라고 했더니 국정원 요원을 통째로 갖다 바쳐?"

"죄송합니다."

"지금 죄송으로 해결될 문제야? 지금 이게……! 끄응……."

문제가 이만저만 심각한 게 아니었다.

지금 언론은 가족들의 주장을 전하고 있지만 조금만 있으면 왜 그들이 암살 작전에 투입되었는지를 파고들기 시작할 것이다.

"젠장! 일을 이따위로밖에 처리 못해! 어? 내가 황 총리를 밀어주기 위해 얼마나 노력했는데, 일을 이따위로 처리할 거면 물러나!"

"하지만 각하, 저도 이럴 생각이……."

"이럴 생각? 지금 장난해? 사건을 덮으라고 했더니 자네가 선택한 게 모조리 죽이는 거야?"

"……."

홍안수 입장에서는 미칠 노릇이었다.

사건을 덮으라고 한 것은 사실이다. 하지만 황국태는 협상이 아니라 암살을 선택했고, 그 결과 정부에 엄청난 부담이 가해지고 있었다.

"지금 베트남 정부에서 조사 시작한 거 알아? 아느냐고!"

자국 내에서 한국 국정원 암살 팀이 사로잡혔다.

베트남이 아무리 방치하고 싶어도 그걸 방치할 수는 없다.

당연하게도 베트남은 해당 사건을 조사하기 시작했고, 베트남 언론에서는 우옌티쑤언의 증언을 전하기 시작했다.

"이거 어쩔 거야! 어쩔 거냐고!"

들고 있던 것을 확 던지는 홍안수.

그것은 다급하게 팩스로 들어온 베트남의 신문이었다.

거기에는 한국 현직 총리의 베트남 전쟁범죄에 대해 적혀 있었다.

"한국도 아니고 베트남에서 터지면 우리더러 어떻게 막으라는 거야!"

아무리 한국의 힘이 강해도 베트남 언론까지 막을 수는 없다.

더군다나 그냥 터진 것도 아니고 한국 국정원 요원들이 그 증인을 죽이려고 하다가 반격당해서 통째로 증발해 버렸다.

이미 전 세계 언론에서는 신나게 씹어 대고 있었고, 황국태는 차기 대선은커녕 전쟁범죄로 고발이나 안 당하면 다행이었다.

"각하, 저는 잘못이 없습니다. 저는 최선을 다해서……."

"최선? 최선? 지금 그 말이 나와! 네놈 자리를 위해 최선을 다한 거겠지!"

"가…… 각하!"

"당장 나가! 넌 해고야!"

황국태는 정신이 아득해졌다. 여기서 해고당하면 그다음

에 벌어질 일은 뻔하기 때문이다.

드러나지 않았으면 모를까, 드러난 이상에야 그가 고발당하는 것은 피할 수 없는 일.

"각하! 각하!"

"그놈의 각하 소리 듣기 싫어! 나가! 이 녀석 끌어내!"

홍안수의 말에 경호 팀이 황국태를 끌어냈다.

황국태는 애타게 홍안수를 부르면서 끌려 나갈 수밖에 없었다.

"황국태가 파면당했군."

한국으로 돌아온 오광훈은 신문을 보면서 씁쓸하게 말했다.

"파면을 안 당할 수가 없지. 양국 언론에서 그렇게 씹어대는데."

한국 언론은 그 사건이 왜 벌어졌는지는 몰랐지만 베트남 언론에서 나온 이야기를 바로 전했고, 현직 총리가 전쟁범죄자 출신이라는 사실에 국민들은 분노했다.

그리고 그걸 감추기 위해 증인을 죽이려고 했다는 사실에 한 번 더 분노했고 말이다.

"그나저나 그 국정원 요원들, 얼굴이 아주 볼만했어."

"그렇지, 후후후."

아니나 다를까, 정부에서는 그런 요원은 존재하지 않는다는 발표를 함으로써 그들을 완벽하게 버렸다.

"아마 그쪽에서는 우리가 그들을 진짜로 북한에 넘길 거라고 생각했을걸."

끌고 가긴 했다, 딱 대사관 앞까지.

"강제로 끌어내면서 정부 발표를 틀어 주고 이제 북한 대사관으로 간다고 말했을 때 요원들이 지은 표정이란."

몇몇은 이미 예상한 듯 결연한 표정을 지었지만 몇몇은 똥오줌을 흘리면서 살려 달라고 빌었다.

노형진은 그들을 데리고 진짜로 북한 대사관으로 갔다.

물론 진짜로 북한 대사관에 넘긴 건 아니다. 딱 그 앞에까지 가서 곱게 내려 줬다.

대사관의 경비들은 똥오줌을 흘리는 남자들을 이 무슨 미친놈들인가 하는 얼굴로 바라보았고, 자신들이 풀려난 것을 깨달은 국정원 요원들은 부리나케 도망쳤다.

"아마 국정원에서는 그들이 북한에서 죽기를 바랐겠지."

하지만 노형진은 그들을 풀어 줬고, 그들은 국정원에서 해직당했다.

"하지만 그래도 황국태는 처벌받지 않잖아."

국정원에서는 여전히 그들이 존재하지 않는다고 주장하고 있었다.

"그러니까 해직당할 수밖에."

노형진은 실실 웃으며 말했다.

"그리고 그들은 이제 제 겁니다, 후후후."

"독한 새끼."

그들은 한국에 와서 진짜로 버려졌다는 걸 알았다.

이제 그들이 갈 곳은 없었다.

"국정원에서 훈련받은 요원이 얼마나 비싼데."

새론에서는 그런 그들에게 접근해서 고용 의사를 전했고, 그들 중 대다수는 순순히 고개를 끄덕거렸다.

그들도 안다, 정상적인 기업에서는 자신들을 고용하지 않으리라는 것을.

하지만 새론은 정보 팀을 운영하는 변호사 집단이고 그들이 배운 걸 아주 요긴하게 써먹을 수 있는 집단이다.

"아마 고문학 팀장은 입꼬리가 귀에 걸렸을걸."

"그렇겠지. 국정원 요원 하나 키우는 데 3억 정도 든다고 하지 않았어?"

"그 정도 들겠지."

그걸 노형진은 날로 삼킨 것이다.

오광훈은 혀를 내둘렀다.

그들은 설마 노형진이 자기들을 잡은 사람이라고는 생각도 못 하고 있었다.

"하지만 그래도 여전히 문제가 있는데 말이지."

"황국태의 처벌 말이지?"

오광훈은 고개를 끄덕거렸다.

"결국 그놈은 처벌 안 받았잖아."

전쟁범죄가 드러나면서 그는 총리 자리에서 잘렸다.

좋게 말해서 그만둔 거지, 누가 봐도 잘렸다고 보기에 충분했다.

"하지만 정작 곽성수에 대한 살인죄는 해결이 안 되었잖아."

더군다나 그 전쟁범죄에 대해서도, 베트남의 언론은 물어뜯고 있지만 베트남 정부 자체에서는 그다지 심각하게 생각하지 않고 있다.

애초에 베트남은 그쪽으로 관심이 없는 게 현실이니까.

"이제 다른 사람들이 움직일 시간이야."

"다른 사람들?"

"그래. 황국태의 부하들 말이지."

"하지만 그 사람들, 우리가 도와 달라고 했을 때 거절했잖아."

"하지만 이번에는 아닐걸."

노형진은 씩 웃으며 말했다.

"인간은 누구나 자기 자신을 지키려고 하는 법이니까, 후후후."

⚖️

"아…… 아니, 나는 아니라니까 그러네."

그 당시 황국태의 부하였던 장수언은 당황해서 손을 흔들었다.

　"이미 베트남 언론에서 다 나왔습니다. 황국태와 한국 군인들이 베트남에서 민간인을 죽였다고요."

　"아니, 그건……."

　노형진의 말에 장수언은 진땀을 흘렸다.

　'전쟁 기록이라는 게 그런 거지.'

　분명 한국군이 민간인을 살해한 것은 확실하다.

　하지만 그들이 누군지, 그리고 몇 소대인지 알 수는 없다.

　신원 확인을 하고 다닌 것은 아니니까.

　결과적으로 황국태의 부하 누군가라는 등식이 성립된다.

　"정식으로 당신을 국제사법재판소에 전쟁범죄자로 고발하겠습니다."

　장수언은 당황해서 버벅거리기 시작했다.

　"내…… 내가 언제! 언제 전쟁범죄를 저질렀다고!"

　"그렇다면 저지르지 않았다는 증거를 내놓으시죠. 그걸 판단하는 건 사법재판소에서 알아서 할 일이고. 우리에게는 황국태의 부하들이 전범이라는 증거가 있으니 방어는 알아서 하셔야지요."

　노형진이 말할수록 장수언은 진땀을 흘렸다.

　나이 먹고 감옥 갈 생각에 정신이 아득해졌다.

　"아, 그리고 그 전범으로 갈 감옥은 베트남인 거 아시죠?"

"베트남?"

"그러면 한국에서 편하게 하실 줄 알았습니까?"

장수언은 숨이 턱턱 막혔다.

베트남의 감옥에 가 본 적은 없지만 좋을 리가 없다는 건 충분히 예상할 수 있었다.

거기에다 베트남의 전쟁범죄자라고 하면?

사형이 아니라고 하더라도, 베트남 감옥에서 살아서 나올 가능성은 없어 보였다.

"자…… 잠깐만! 알았어…… 알았다고! 말하면 되잖아! 그 당시에 투입된 건 3소대야."

"이미 다 죽었다고 뒤집어씌우지는 마시지요."

"진짜야! 진짜라고!"

"증거가 없지 않습니까?"

"하지만 그런 소문이 파다했다고."

자신이 전범으로 몰리기 시작하자 그는 자존심 때문에라도 말하지 못했던 사실을 말할 수밖에 없었다.

"나도 소문만 들었다고. 그때 돌아온 놈들이 반쯤 미쳐 있었으니까."

그렇게 시작된 이야기.

그리고 이야기가 길어질수록 점점 더 사건은 구체화되었다.

"그러니까 일부 병사들이 나가서 고발할 생각을 했다 이거 군요."

"그래……."

하지만 그 전에 베트콩이 몰려왔고 3소대는 다 죽었다.

그리고 살아남은 사람들은 베트콩에 대한 원한에 그 이야기를 입에도 담지 않았고.

"그게 내가 아는 전부라고."

억울한 듯 말하는 장수언.

"그러면 그걸 언론에서 이야기하실 수 있습니까?"

"언론은 좀……."

"아니면 전범으로 고발하고요. 당당하게 말하지도 못하시는데 그걸 어떻게 진실로 받아들입니까?"

노형진은 장수언을 코너로 밀어붙였고, 장수언은 어쩔 수 없이 고개를 끄덕거릴 수밖에 없었다.

기자회견 이후 대한민국은 발칵 뒤집어졌다.

황국태가 전범이라는 것도 심각한 문제인데 그걸 감추기 위해 1개 소대를 모조리 죽여 버렸다는 것은, 현 정권 입장에서는 날벼락이나 다름없었다.

"물론 내가 그렇게 질문을 하도록 유도했지만."

기자회견을 할 때 노형진은 개인적으로 아는 기자를 넣었다.

그리고 두 개의 질문을 던지도록 했다.

하나는 '그 당시 3소대의 지원 요청이 있었는데 지원을 보내지 않은 것이 사실이냐?'라는 것이었고, 나머지 하나는 '유일한 3소대원이었던 곽성수가 얼마 전 의문사를 당했는데 그 건에 대해 아는 게 있느냐?'라는 것이었다.

"전자에 대해서는 모를 수가 없지."

그 당시 모두가 같이 싸웠으니까.

후자 같은 경우는, 노형진이 지난번에 찾아갔을 때 아마 예상했을 것이다.

"그리고 결국 돌고 돌아 오는 거지."

황국태는 집에서 자살을 했다.

곽성수처럼 목을 매달고 자살했는데, 그 사진을 보면서 노형진은 씁쓸하게 웃었다.

"청소부 놈들 실력이 여전히 부족하네."

"똑같은 놈들인가?"

"그런 것 같아."

유언장을 쓰고 자신의 책임임을 통감한다면서 자살을 한 황국태. 그 유언장에는 모든 책임은 자신이 진다고 되어 있었다.

"자살당한 거네."

깔끔한 현장. 그곳에 남아 있는 흔적은 전혀 없었다.

"국정원 입장에서는 부담스러운 상황이니까."

황국태는 총리였다.

그리고 홍안수에게 팽 당했다.

더군다나 그가 부하를 고의로 죽였다는 의심까지 받게 되자 국제적으로도 정치적으로도 현 정권에는 극심한 부담이 될 수밖에 없었다.

"그 상황에서 자살하면 모든 게 무마되니까."

전쟁 피해자에게는 적절한 배상으로 입을 막았고, 베트남 정부는 애초에 이 문제에 대해 별 관심이 없다.

그리고 곽성수 사건은 황국태의 개별적인 사건으로 덮는다.

"청소부라는 조직이 투입된 기록이 없으니까. 아마도 황국태가 중국계 킬러라도 쓴 걸로 처리될 거야."

노형진은 어깨를 으쓱하며 말했다.

"이걸로 정의가 지켜진 걸까?"

"일단은."

노형진은 피식 웃으며 말했다.

"넌 아니라고 생각하는 것 같네?"

"법의 심판대에 세웠어야 하는 거 아닌가?"

"법? 조폭 출신이 그런 말을 하다니 참 격세지감이네."

노형진은 피식 웃으며 오광훈의 앞에 있는 빈 잔에 주스를 채워 줬다.

"정의라는 건 상대적인 거야. 만일 황국태가 여기서 법적인 재판으로 갔다면 뭐가 나왔을 것 같아?"

"응? 글쎄. 사형?"

"무죄."

"뭐? 무죄라고?"

"그래, 무죄. 애석하게도 그래."

전범으로 고발해야 하는 베트남 정부는 관심이 없고, 황국태는 전멸한 3소대에 명백한 지휘권이 있는 상황이었다.

"그가 있던 곳은 독립 중대야. 전쟁터에서의 상황을 모르기 때문에 현장 지휘관의 의견이 우선시되지. 이번 일 역시 터져도 아마 그쪽으로 방어했을 테니 무죄가 나왔을 수밖에 없어. 곽성수 사건 같은 경우는 애초에 국정원이 동원된 거야. 황국태랑 엮고 싶다고 해도 할 수 있는 게 아니지."

"끄응……."

"결국 끝까지 버텼다면 그는 무죄였을 거야."

다만 정치적으로 부담이 된 국정원에서 적당히 처리한 것뿐이다.

"이게 나에게는 최고의 정의 같은데?"

"하긴."

오광훈은 주스가 들어 있는 잔을 들면서 말했다.

"한국 법에서 정의를 찾으면 병신 짓이기는 하지."

"이제 알았냐?"

"정의를 위하여."

"개뿔."

노형진은 잔을 들어 오광훈의 잔에 가볍게 부딪치면서 피식 웃었다.

데리고 갈 때는 우리 자식,
다치면 남의 자식

　군대.

　대한민국 대부분의 남자들이 피할 수 없는 현실이자 결국 끌려가야 하는 공포스러운 공간.

　가기 싫지만 안 갈 수 없는 그 공간.

　"이건 문제가 있는 거 아닙니까?"

　노형진을 찾아온 사람은 군인권센터의 소장인 장진수였다.

　"그 인간 때문에 장애인이 된 사람만 백 명이 넘어요. 그런데 이번에 승진했답니다."

　노형진은 장진수의 말에 의자에 몸을 기대고 조용히 생각에 잠겼다.

　"확실히 그런 사람들이 있기는 하지요."

"이건 군인이 아니에요! 완전 노예 취급입니다!"

노형진은 입맛을 다셨다.

"하지만 군대에서는 그게 고쳐질 리가 없지요."

"그러니까요."

장진수는 답답하다는 듯 말했다.

"군인권센터를 이끌고 있으니 이런저런 꼴 많이 봤지만, 저도 이건 정말 너무하다 싶더군요. 그래서 찾아온 겁니다."

"애초에 군대라는 조직에 인권이 어디 있습니까?"

이건 노형진이 군인들을 무시해서 하는 말이 아니다.

애초에 군대라는 조직은 병사들을 사람이라기보다는 노예로 본다.

사람이 없어서 어떻게 해서든 사람을 끌고 가려고 하는 군대인데, 정작 군대 내에서 사람들의 인권은 개무시당하고 있다.

'웃긴 일이지.'

"제 딴에는 전투력 확장을 위해 하는 일이랍니다! 그런데 이게 말이나 됩니까? 그 새끼는 인간도 아니에요!"

장진수는 흥분한 듯 말했다.

"그 미친놈 때문에 장애인들이 자꾸 생기는데 군대에서는 그 새끼한테 훈장을 주고 승진을 시켰어요! 이게 말이나 되느냐고요!"

"압니다. 아는데, 일단 진정하시고요."

"지금 진정할 상황입니까? 이대로는 얼마나 많은 청년들의 인생이 박살 날지 모르는데!"

장진수가 흥분하는 이유는 종갑석이라는 장군 때문이었다.

그는 특정 부대를 지휘하는 사람이다. 장군으로서 한 부대를 지휘하는 사람인데, 문제가 있다.

"이거 완전히 그냥 미친놈입니다, 미친놈."

시대가 바뀌고 전쟁도 바뀌었다.

현대의 1개 분대 화력이 2차대전 당시 1개 중대 화력을 넘어가는 21세기.

그런데 그는 정신력만을 외치면서 병사들에게 가혹 행위를 가하고 있었다.

군 내부에서 가혹 행위를 금지하고 있지만 그건 어디까지나 병사들 사이에서의 문제다.

장교, 그것도 장군급에서 작정하고 가혹 행위를 하기 시작하자 누구도 브레이크를 걸지 못한다는 것이다.

'아니, 걸 수가 없겠지.'

장군, 그것도 전도유망한 장군이다.

그를 누가 막겠는가?

"다른 장군들도 그에게 동조하겠지요?"

"네, 솔직히 말하면 그렇습니다. 조금만 있으면 이 새끼가 아예 반자이 돌격을 시킬 판국입니다."

"하하하."

노형진은 어색하게 웃었다.

농담이 아니니까.

오로지 정신력만을 외치는 군인들, 장군들.

그들의 시작이 어디일까? 다름 아닌 구 일본군이다.

그들은 화력도, 실력도, 체급도 달리는 상황에서 싸워야 했고, 그걸 정신력이라는 허무맹랑한 말로 이겨 내라고 했다.

"정신력론을 언급하는 장군들은 대부분…… 구 일본군 방식을 선호하지요."

그 정신력을 강화하기 위해 쓰는 방법이 뭘까?

적절한 훈련? 충분한 지원?

아니다. 그들이 좋아하는 방식은 가혹 행위다.

돈이 안 들고, 빠르게 성장하는 게 눈에 보이니까.

"일단 평등재단을 통해 이야기가 들어왔으니 저희가 지원은 하겠습니다. 하지만…… 아시지요? 이건 이기기 힘든 거."

"압니다. 하지만 현 상황을 해결을 하기는 해야 한다고 생각해서 평등재단에 간 겁니다."

그들이 고발한다고 해서 그자가 달라질까?

그럴 리가 없다.

'내 기억이 맞으면 종갑석, 국방부 장관까지 한 것 같은데.'

물론 그가 국방부 장관일 때 군대는 말 그대로 지옥이었다.

거의 사라진 구타와 가혹 행위가 부활하고, 의가사제대와 사망자는 급속도로 늘어났다.

그러나 그는 그렇게 부하들을 갈아 넣은 대가로 승진을 거

듭했다.

"전형적인 똥별입니다."

똥별. 똥군기와 더불어서 군대를 망치는 주범 중 하나.

장진수는 머리를 절레절레 흔들었다.

"사실 저희 군인권센터도 장군 개개인에 대해서는 터치하지 않습니다."

군인권센터는 국군 장병 전반의 인권을 보호하는 조직이지 개개인에게 보복을 하는 조직이 아니다.

"그런데 이건 너무하다 싶더군요. 그 지역 군 병원의 환자 70%가 그의 휘하에서 나옵니다."

장진수는 그렇게 말하면서 관련 서류를 내밀었다.

"가혹 행위가 도를 넘었어요."

특급 전사가 되지 못하면 인간 취급도 하지 않는 게 종갑석이었다. 심지어 경례도 받지 않는다.

과도한 훈련으로 인해 입원한 병사에게는 병신 새끼라는 모욕적 언사를 하곤 했다.

"그것뿐만이 아니에요."

훈련을 하다 보면 어쩔 수 없이 낙오자가 발생하게 된다.

사고로 인해 다치거나 할 수 있으니까.

"그런데 그들에게 정신력 운운하면서 행군을 강요한다고 합니다. 제보에 따르면 어떤 병사가 무릎 골절을 입었는데 정신력도 없는 병신 새끼라고 강제로 행군을 시켰답니다. 결국 그 병사는 평생 다리를 절게 되었습니다."

"그래요? 그건 좀 심하네요."

"그렇게 사람이 병신이 되었는데 정부에서는 배상 같은 것도 없습니다."

"그거야 뭐, 하루 이틀 일인가요?"

데려올 때는 우리 자식, 병신 되면 남의 자식.

그게 대한민국 국방부의 비공식적인 입장이다.

"하물며 장군이 엮이면 절대 인정해 줄 리가 없지요."

대한민국의 군대는 결국 그 수준이라는 걸 알기에 노형진은 긴 한숨만 나왔다.

"저희가 이 문제를 계속 국방부에 건의했지만……."

"압니다. 국방부에서는 겉만 보니까요."

국방부에서 추구하는 건 오로지 겉면이다.

겉으로만 강병을 만들면 된다. 그 안이 얼마나 썩었든, 신경도 안 쓴다.

딱 북한군처럼 말이다.

겉으로는 강병이지만 북한군의 대다수는 영양실조로 굶어가고 있다.

'한국은 그 정도는 아니지만.'

그렇다고 해서 선진 군대는 아니다.

아니, 운영 방식으로 보면 아주 구닥다리다.

"이건 완전히 렌야라니까요. 아시려나 모르겠지만요."

이것이 법이다

"알지요. 독립운동가 아닌 독립운동가 아닙니까?"

"어떻게 아십니까?"

"뭐, 저도 역사에 관심을 가지고 있어서요, 하하하."

무타구치 렌야. 일제강점기 일본군의 장군이었다.

그런 그가 한국의 독립을 본의 아니게 도와줘서 독립군이라는 별명으로 불리는 것은 그가 전형적인 똥별, 그러니까 종갑석처럼 오로지 정신력만을 주장하며 사기나 부대의 복지, 기타 병사들의 운영 등 다른 것들에 관해서는 쥐똥만큼도 관심이 없었기 때문이다.

쉽게 말해서 독립운동가가 독립운동을 하면서 죽인 일본군의 숫자보다 무타구치 렌야가 지휘를 잘못해서 전투 한번 못 해 보고 죽은 병사들의 수가 몇백 배는 많다는 것이다.

중일전쟁은 그가 상부의 명령 없이 일방적으로 일으킨 전쟁이었고, 당시 그의 계급은 연대장밖에 되지 않았다.

다른 나라 같으면 총살당해도 백 번은 더 당했을 일이었다.

그런데 그의 역사는 그게 끝이 아니었다.

그는 임팔 작전에서 일본군 병사 몇만을 굶겨 죽이며 자신의 재능을 발휘해서, 오죽하면 연합군도 그를 스파이라고 불렀을 정도였다.

그의 명언이 하나 있는데 '일본인은 원래 초식을 한다.'이다.

그만큼 보급이나 기타 부대 운영에 대해서는 관심도 없고 배울 의지도 없고, 병사들을 오로지 노예로 볼 뿐이었다.

"그리고 종갑석이 딱 그런 식이지요."

물론 한국이 전쟁 중인 국가는 아닌 만큼 당장 보급이 문제가 되지는 않는다.

하지만 베트남전쟁 당시 장교의 20%는 아군 사살에 의해 죽었다는 소문이 있을 만큼 아군 사살율이 높았다.

이유는 장교들이 병사들을 제대로 통제하지 않고 총알받이로만 생각했기 때문이다.

그만큼 병사들의 사기와 장교들의 소통은 중요하다.

평시에야 군 생활이 끝나면 다시 안 볼 사이니까 꾹 참지만, 전쟁터에서는 지휘 하나에 병사들의 목숨이 왔다 갔다 한다.

그런데 누군가가 병사들에게 정신력의 문제라면서 반자이 돌격을 시킨다면?

"뒤통수에 대고 총을 갈기지 않는 게 이상한 거지요."

"자기 말로는 특급 전사가 되어야 정신력이 강해진다는데요."

"그건 개소리고요."

애초에 현대전은 총으로 이루어지는 싸움이다.

그렇다고 체력이 중요하지 않다는 것은 아니다. 체력이 있어야 행군도 하고 전투도 할 수 있다.

하지만 그건 어디까지나 기본 수준이다.

물론 육박전에 들어가면 체력이 유리한 사람이 살아남기는 한다.

"하지만 애초에 육박전에 들어갈 정도면 전선 붕괴 상태인데 말입니다."

그 정도 되면 이미 싸움은 끝났다고 봐야 한다.

몇 명 더 죽일 수 있을지는 모르지만, 육박전에 들어간 순간부터 부대는 전멸로 카운트다운이 들어간다.

당장 분대마다 기관총이 보급되어 있는 게 현재 한국군이다.

현대전에서 기관총이 불을 뿜는데 근접한다는 건 나름 참신한 자살 방법일 것이다.

그런데 그 기관총이 멈췄다는 것, 그건 총알이 떨어졌다는 걸 의미한다.

당장 기관총 총알이 없는데 같은 5.56mm 나토탄을 쓰는 소총에 총알이 있을 리가 없다.

즉, 총알이 떨어진 최악의 상황에서 벌어지는 게 바로 백병전이다.

그 정도 상황이 되면 전선은 끝장나고 해당 부대는 전멸 단계로 넘어갔다고 봐야 한다.

"그러니까 문제입니다. 그 녀석은 보급에 관심도 없어요."

일반적으로 취사병은 훈련에서 면제된다.

그들이 혜택을 받는 게 아니라, 먹고 마시는 것이 그만큼 중요하기 때문이다.

매일같이 수백 명의 음식을 준비한다는 것은 절대로 쉬운 일이 아니다.

"그런데 그 미친놈이 취사병도 모든 훈련을 다 하라고 했답니다."

"그게 가능합니까?"

"정신력으로 이겨 내라고 했답니다."

"제대로 미쳤군요."

취사병의 업무는 밥을 하는 것이다.

그런데 모든 훈련을 같이한다면, 당연하게도 밥을 할 시간이 부족해진다.

그러면 음식의 맛이 떨어져서 병사들의 사기 역시 떨어진다.

그렇잖아도 맛없기로 소문난 군대 밥. 거기서 더 맛이 없어지면 과연 병사들이 먹을 기분이 날까?

"특급 전사가 되지 않으면 외출 자체가 불가능하고요. 휴가도 다 자른다고 합니다."

"흠……."

전형적인 통별. 오로지 자신의 승진만을 위해 부하들을 갈아 넣는 타입이다.

"그 종갑석을 막아 달라는 말씀이시군요."

"네. 아시다시피 저희는 힘이 없어서요."

군인권센터는 사실 공식 국가기관이 아니다. 그들은 사설단체다.

그래서 최대한 노력은 하지만, 그 힘은 그다지 강하지 않다.

설사 강하다고 해도 장군을 어떻게 할 정도는 아니다.

"하지만 쉽지는 않을 겁니다."

"알고 있습니다. 그러니까 제가 평등재단을 통해 지원을 요청하는 겁니다. 그놈이 있는 한 얼마나 더 많은 피해자들이 생길지 답이 안 보여서요."

"알겠습니다."

노형진은 고개를 끄덕거리며 말했다.

"관련 자료를 저희한테 보내 주세요. 제가 좀 알아보겠습니다."

"이거 제정신이 아닌 것 같은데요?"

무태식은 접수된 자료를 보면서 혀를 내둘렀다.

다리가 부러진 병사에게 강제로 행군을 시키고, 법으로 보장된 휴식 시간에 의무적으로 체력 단련을 시켰다.

아니, 거기까지는 군 지휘관의 영역이라고 볼 수도 있다.

그런데 특급 전사를 따지 못한 병사에 대해서는 부대 차원에서 왕따를 시키도록 조장했다.

물론 대놓고 하지는 않았다.

하지만 특급 전사가 80%가 넘지 않는 소대의 경우 어떠한 경우에도 외출 외박을 나가지 못하게 하고 모든 포상 휴가를 일괄적으로 자르도록 했다.

당연히 그 원한은 특급 전사를 따지 못한 병사들에게 향했다.

"전형적인 똥군기 잡기식 훈련이네요."

"네. 과거 방식으로 부대를 운영하는군요."

이런 방식의 운영은 위험하다.

실제로 이런 식으로 운영하다가 누가 돌아 버려서 수류탄을 까 넣은 일이 여러 번 일어났다.

소대장이 이런 식으로 운영해도 심각한 문제인데, 하물며 장군이 전 부대를 이런 식으로 지휘한다면 사건이 일어나지 않을 수가 없다.

"그래서 그런지 해당 부대의 사고율도 높아요."

폭행이나 구타는 기본이고 자살자도 넘쳐 났다.

"전형적인 방식이네요."

개개인의 체력 같은 건 상관없이 그들을 자살로 모는 것이다.

"하지만 부대에서 그런 일이 벌어지면 보통 장교들에게 불이익이 갈 텐데요?"

무태식은 이해가 가지 않는다는 듯 말했다.

"보통은 그렇지요. 하지만 그 안에서 벌어지는 사고의 책임은 대대장급에서 끝납니다. 병사 하나가 자살하거나 탈영했다고 해서 장군급이 피해를 입지는 않습니다. 장군급에게 피해가 가려면 누가 진짜 미쳐서 수류탄 까 던지고 소대원다 쏴 죽이는 수준은 되어야 할걸요."

노형진의 말에 무태식은 질렸다는 표정이 되었다.

"물론 장군쯤 되면 개개인의 문제나 소대별 문제까지 해결할 수는 없습니다. 그러니 이런 문제로 장군까지 처벌하는 건 분명 무리한 행동이기는 하지요. 하지만 그건 그거고, 그걸 이용해서 장군이 가혹 행위를 조장하는 건 전혀 다른 문제입니다."

노형진은 사건 기록을 정리하면서 혀를 끌끌 찼다.

"부대 자체가 개판이네요."

빛 좋은 개살구라고 해야 하나? 제보 내역과 인터넷상의 이야기를 들어 보면 문제는 심각했다.

분명 그 부대의 특급 전사 비율은 아주 높고 체력 수치도 아주 높다. 그건 나쁘지 않다.

확실히 부대를 계속 그 수치로 유지한다면 종갑석이 승진하지 않는 게 이상한 거다.

"하지만 정부에서 승진 검토를 하지 않는 부분으로 들어가면 심각해집니다."

정부에서 장군의 승진을 검토할 때 그가 부대원에게 하는 행동은 감안 대상이 아니다.

그렇다 보니 그들의 입장은 인터넷이나 군인권위원회를 통해 모이는데…….

"의견의 80% 이상이 증오와 분노를 표현하고 있어요. 이건 비정상적인 수치입니다. 베트남전 당시에 프래깅이 벌어진 부대도 이 정도는 아니었어요."

노형진은 심각한 표정으로 말했다.

단순히 짜증 난다는 표현부터, 바깥에서 만나면 죽여 버린다는 표현까지.

"현실적으로 말하면 이건 유령 부대나 마찬가지입니다."

"유령 부대요?"

"네. 존재는 하지만 전투에 들어가면 제 능력은 안 나올 겁니다. 아마 이 정도면 가장 먼저 장교들이 죽어 나갈 테니까요."

장교들이 프래깅으로 죽어 나가고, 그 이후에 오는 장교들도 멀쩡하기는 힘들다.

부대원들의 장교에 대한 믿음이 완전히 박살 난 상태니까.

처음은 어렵지만 두 번째는 쉽다.

한번 프래깅으로 죽인 후에 다른 장교가 와서 합리적인 명령을 내린다고 한들, 그 명령이 자신에게 불리하거나 자신을 위험한 쪽으로 모는 것이라면?

부하들의 머릿속에서는 또 다른 프래깅 생각이 들 수밖에 없다.

그들에게 장교란 자신들을 죽이기 위해서 혈안이 된 적일 뿐이니까.

"병사의 주적은 장교라는 말이군요."

무태식은 씁쓸하게 말했다. 그도 병사로 군 생활을 했고 그 말을 수십 번은 들었으니까.

"보통은 그냥 하는 말이지요."

장교와 병사는 전혀 다른 세계에 살고 있다. 그러니 마냥 친해질 수는 없다.

"하지만 병사가 장교에게 증오와 분노를 가지게 되면 전혀 다른 문제가 되지요."

가령 돌격해야 할 순간이 온다고 치자.

아무리 훈련을 시킨다고 해도 인간의 생존 본능은 어마어마하다.

"그 상황에서 그 두려움을 이겨 내고 돌격하려면, 부대장과 장교에 대한 믿음이 절대적으로 필요합니다."

하지만 지금은 믿음이 완전히 깨져 있는 상황이다.

대충 병사들의 생각을 보면 부대의 장교들에 대해 증오를 품고 있다. 그뿐만 아니라 승진을 위해서는 언제든 자신들을 죽여 버릴 수 있는 자들이라고 생각하고 있다.

"그 상황에서 돌격 명령이 떨어지면 어떻게 될까요?"

그렇잖아도 대한민국 군대의 지휘 방식은 '나를 따르라.'가 아니라 '전군 돌격!'이다.

지휘를 할 때 솔선수범을 보이는 게 아니라 위험한 현장에는 병사를 밀어 넣는다는 방식을 고수하고 있다.

나를 따르라는 명령과 돌격하라는 명령은 받아들이는 사람에게는 전혀 다르다.

그렇잖아도 쌓여 있는 증오. 그게 목숨이 위험한 상황에서 어떻게 표현될까?

"아마도 죽여 버리고 숨어 버리는 걸 선택하겠지요."

그런데 그게 한두 소대도 아니고 전 부대에 퍼져 있다.

"장담하건대, 이런 부대는 전투에 돌입하면 순식간에 와해됩니다."

장교가 없으니까.

저격수들이 달리 장교를 첫 번째 표적으로 삼는 게 아니다.

부재 시 지휘 체계가 무너지기 때문이다.

하물며 믿음이 있는 부대가 그 지경인데 서로 간에 믿음이 없는 부대? 아마 순식간에 와해될 것이다.

"그리고 그건 심각한 문제지요. 작은 규모의 부대도 아니고, 장군이 지휘하는 부대가 그 지경이면요."

1개 소대가 커버하는 지역이 그렇게 방어가 뚫려도 전쟁에서 판도가 심각하게 바뀐다.

그런데 장군이 지휘하는 1개 사단이 그렇게 증발한다고 생각해 보자.

한국의 방어 라인은 박살 난다고 봐도 무방하다.

"거기가 약점이라고 생각해서 적도 몰려들 테고, 그렇게 되면 다른 부대는 후방에서 공격당하게 됩니다."

당연히 포위된 부대는 항복하거나 전멸하게 된다.

"이건 승진 때문에 나라를 팔아먹을 수도 있는 일입니다."

노형진은 그렇게 말하면서 서류를 넘겼다.

"아무래도 이 문제는 심각해 보이군요. 이건 말이 장군이지, 사실 군대를 와해하는 사보타주라고 봐도 무방한 수준이네요."

전형적인 똥별이 군대에 미칠 수 있는 악영향은 모조리 가지고 있는 사람, 그게 종갑석이었다.

"그러면 이걸 어떻게 해야 할지 모르겠네요. 상황을 보아하니 상당히 심각한 듯한데."

무태식은 곤란한 표정으로 말했다.

그도 군대를 대상으로 싸워 봤다.

그러나 군대는 절대 말이 통하지 않는 조직이다.

"우리가 자료를 달라고 해 봐야 군사기밀이라고 안 줄 건 뻔하니 자료는 없을 테고요, 피해자들이 있으니 재판을 한다고 해도 이길 가능성은 낮습니다."

그럴 수밖에 없다.

이걸 재판하게 되는 것은 다름 아닌 군사재판소이니까.

군사재판소에서 재판을 하게 되면, 장군쯤 되면 사람을 패 죽이지만 않았으면 무죄로 나올 수 있을 것이다.

실제로 여성 장교들에 대한 성추행이나 강간이 부대 내에서 숱하게 벌어지지만, 그걸 그 피해 여성 장교가 고발해 봐야 처벌받는 일은 극도로 드물다.

"직접적인 피해자가 있는데도 그 지경인데, 간접적인 피해자인 병사들이 건 소송이야 뻔하지요."

무조건 장군의 승이다.

"그리고 종갑석은 그걸 아니까 이렇게 당당한 거고요."

노형진은 고개를 끄덕거리며 말했다.

"그러니 우리는 종갑석을 노려서는 안 됩니다."

"네? 그게 무슨 말씀이십니까?"

"종갑석이 왜 처벌을 받지 않는다고 생각하십니까?"

"장군이니까요?"

"그것도 맞습니다. 자, 생각을 해 보세요. 이들이 조폭이라고 생각해 봅시다. 사실 현 상황에서 구조는 조폭과 비슷하지요."

분명 비슷하기는 하다, 국가에서 공인된 폭력 집단이라는 부분이 다르기는 하지만.

"그 부분을 적용해서 생각해 보세요. 대규모 조폭일수록 법의 비호를 받고, 그래서 체포하기 힘듭니다."

"확실히 그건 그렇지요. 그리고 보니 조폭이라고 생각하면 비슷한 사건들이 좀 있기는 하군요. 하지만 명령이라는 부분이 영 애매한데요."

"명령이기는 합니다. 하지만 그 명령이라는 부분이 중요하지요. 군형법상, 부당한 명령은 거부할 수 있거든요."

노형진은 서류를 두들기며 말했다.

"제 친구가 군대에 있을 때 겪은 일입니다. 훈련 중 작은 숙소를 발견했다고 하더군요."

양봉을 하는 사람들이 계절마다 지내는 숙소였다고 한다.

"그런데 그 안에서 말통으로 두 개 정도 되는 벌꿀을 발견했다고 하더군요."

왜 그걸 두고 갔는지 알 수는 없다.

차량에 자리가 없었을 수도 있고, 아니면 다른 이유가 있었을 수도 있다.

"그런데 장교 하나가 제 친구에게 그걸 절도해 오라고 시켰답니다."

직접 가서 가지고 온 것이 아니라, 부하인 노형진의 친구에게 가지고 오라고 시킨 것이다.

걸리면 자기 책임이 아니라며 노형진의 친구에게 뒤집어씌우기 위해서였다.

"설마요? 진짜로 있었던 일입니까?"

"애석하게도요. 장교들이 병사를 보는 시선은 딱 거기까지입니다."

그곳에 CCTV가 있을 수도 있는 일이고 다른 사람이 있을 수도 있는 일이다.

그러니 자기는 처벌을 면하기 위해 부하에게 도둑질을 시킨 것이다.

"그거 약탈 아닙니까?"

"약탈 맞지요."

군대에서 절대 금지하고 있는 민간인 약탈을 장교가 대놓고 시킨 것이다.

"그래서 친구는 거부했다고 하더군요. 분명 잘못된 명령이었으니까요."

"그리고요?"

"애석하게도 군 생활이 꼬였지요."

분명 잘못된 명령이었지만 거부당한 장교의 배알이 뒤틀렸던 것이다.

"제대할 때까지 장교가 고의적으로 왕따를 조장했다고 하더군요. 법적으로 친구를 처벌할 수는 없었으니까요. 어찌되었건 잘못된 명령에 관해서는 거부할 수 있습니다. 하지만 말이 쉽지, 일단 내려온 명령을 부하들이 그렇게 간단하게 거부할 수 있을까요?"

거부했다가는 당연히 승진에 불이익이 온다.

그런 상황에서 군대라는 조직상 그 명령을 듣지 않을 사람은 없다.

"그러니 그 부분에 대해 물고 늘어져야지요."

"하지만 그것도 군대에서 벌어진 일 아닙니까? 결국 고소를 해도 재판은 군사재판소에서 할 텐데요."

그리고 군사재판소에서 그걸 인정해 줄 리가 없다.

"군사재판이 아니라 다른 사건으로 갈 겁니다."

"네? 그게 무슨 말씀이지요?"

노형진은 한 가지 서류를 꺼내 들었다.

"아까 찾다 보니 이 서류가 보이더군요."

"그게 뭔데요?"

"사망 사건입니다."

무태식은 움찔했다. 사망 사건이라고 하면 심각하니까.

"자살입니까?"

"자살은 아닙니다."

노형진은 고개를 흔들며 말했다.

"질병으로 인한 병사죠."

"병사요?"

"네. 그런데 그 질병이 문제입니다. 여기를 보시면 알겠지만, 횡문근 융해증이라고 되어 있지요?"

"네. 그런데 그게 뭔데요?"

"쉽게 말해서 가혹 행위로 인해 벌어지는 사망 사고입니다."

"네? 가혹 행위요?"

"네, 음…… 이렇게 표현하면 되겠네요. 말 그대로 근육이 녹는 겁니다."

그래서 근 융해증이라고 하는 것이다.

"과도한 구타나 운동으로 인해 근육이 파괴되면서 그 안에서 나온 물질이 온몸을 도는 거지요."

"그런 병이 있습니까?"

"인간은 기계가 아닙니다. 한계가 분명 존재합니다. 지금 종갑석은 그걸 철저하게 무시하고 있고요."

과도한 운동으로 인해 근육이 파괴되면 나오는 물질이 온 몸을 도는 질병이다.

　　"문제는 이게 심하면 급성 신부전이 온다는 겁니다."

　　"급성 신부전요?"

　　"네. 횡문근 융해증은 생각보다 심각한 질병입니다. 일반 입원 환자의 15% 정도가 사망하며, 중환자실에 오는 환자 중 70%가 사망합니다. 살아남아도 신장이 망가지기 때문에 만성 신부전으로 투석을 하면서 살아갈 수밖에 없습니다."

　　무태식은 얼굴이 사색이 되었다.

　　일반 질병도 10%의 치사율이면 극도로 위험한 병으로 분류된다.

　　"소설에서 검을 뭐 만 번을 휘두른다느니 3년간 벽곡단만 먹으면서 뛰어다닌다느니 하는 건 이론적으로 불가능합니다. 100% 횡문근 융해증이 오니까요."

　　노형진은 그렇게 말하면서 서류를 넘겼다.

　　"종갑석은 자신의 기준을 미국의 네이비씰 이상으로 만들어 놓고 있습니다. 문제는, 미국은 모병제 국가이고 그 안에서도 네이비씰은 자원받아서 뽑는 최강 중의 최강이라는 거지요."

　　당연히 그들은 개인적으로도 충분히 훈련된 자원이며 스스로도 운동을 열심히 하는 사람들이라는 거다.

　　"하지만 일반적인 병사들은 그렇지 않습니다. 서양인보다

이것이 법이다

동양인이 체력적으로 약한 것도 사실이고요. 더군다나 대부분의 병사들은 군대에 가기 전에 운동했다고 해 봐야 겨우 헬스클럽 좀 다녀 본 정도일 겁니다."

처음부터 조금씩 운동량을 늘리면 이런 문제가 생기지 않는다.

하지만 갑자기 부대장이 바뀌고, 부대장은 네이비씰 기준을 들이밀면서 이 이상을 유지하라고 강제한다면?

"횡문근 융해증 환자가 생기지 않는 게 이상한 거지요."

안 하던 운동을 격하게 하니까.

당연히 무리가 갈 수밖에 없다.

"더군다나 종갑석은 요구한 기준을 맞추기 위해 부대 내에서의 가혹 행위도 방치했지요. 기합, 폭행."

그 모든 것이 횡문근 융해증을 유도하는 방식이다.

하루 종일 운동하고 와서 또 기합을 받고 그 후에 끌려가서 다시 폭행을 당한다면?

"횡문근 융해증이 안 생기면 도리어 그게 이상한 겁니다."

"으음…… 그런데 이게 왜 지금까지 문제가 안 된 거지요?"

"현재 대한민국의 군사법은 이상하게 되어 있거든요."

부대 내에서의 죽음에 대해 철저하게 책임을 지지 않으려는 형태로 운영되고 있는 군형법이다.

"하물며 사고도 자살로 몰아가 책임지지 않는 게 군대입니다. 그런데 병사病死는 어떨까요?"

"그렇군요."

병사는 달랑 사망진단서 하나 주고 끝이다.

"횡문근 융해증이라는 병은 익숙한 병이 아닙니다. 대부분의 사람들은 몰라요."

그게 왜 발생하는지, 그게 왜 위험한지도 모른다.

그냥 병이라고 생각하고 부모들은 찢어지는 가슴을 부여잡을 뿐이다.

"군에서 병으로 죽는 건 책임지지 않으니까요."

무태식의 얼굴에 어두운 그림자가 졌다.

그 말이 맞으니까.

군대 내에서 병으로 사망한 경우 군대는 절대로 책임지지 않는다.

"생각을 해 보세요. 자율적으로 운동하는 외부에서도 횡문근 융해증으로 인해 사망하는 사람이 한두 명이 아닙니다. 군대에서 이걸로 죽는 사람이 몇 명이나 될까요?"

"없을 수가 없겠군요."

"네."

특히나 군대는 더 그렇다.

급성 신부전이 오면 사람은 급격히 상태가 나빠진다. 당연히 군대에서는 그에 대한 치료를 해야 하는데…….

"아시지 않습니까, 군대의 의료 현실을."

머리 아프면 머리에 빨간약, 배 아프면 배에 빨간약.

그게 군대 의료의 현실이다.

"더군다나 종갑석은 환자를 혐오합니다."

대놓고 환자에게 병신 새끼라고 할 정도로 사람 취급을 안 한다.

"그런 사람이라면, 군부대 내에 환자가 발생하는 경우 그 부대에 불이익을 줄 겁니다."

실제로 다리가 부러진 상황에서도 행군을 시킬 정도로 환자에 대한 대우는 열악했다.

정신력 타령하면서 모든 걸 정신력으로 이겨 낼 수 있다고 주장하니까.

"급성 신부전이 온다면 황달이 옵니다. 그런데 그걸 보고 장교가 병원에 보낼까요, 아니면 정신력 타령을 할까요?"

무태식은 쓰게 웃었다.

사실 황달은 심각한 질환이다.

황달 자체가 사람을 죽이지는 않지만 황달이 왔다는 것은 신장이나 간이 멈췄다는 걸 의미하니까.

"하지만 멀쩡하게 움직이면 군대에서는 멀쩡하다고 생각합니다. 과연 횡문근 융해증으로 사망한 사람이 이 한 분뿐일까요?"

노형진의 말을 들으면서 무태식은 소름이 돋았다.

평범한 똥별인 줄 알았더니 지금 종갑석은 누군가를 계속 죽이고 있는 상황이었던 것이다.

"그걸 가지고 제대한 사람들을 몰아붙일 겁니다."

"네?"

"업무상 과실치사. 그게 제가 노리는 겁니다."

업무상 과실치사.

업무와 관련된 과실로 사람을 사망에 이르게 하는 행위를 뜻한다.

"이 경우는 업무상 과실치사가 성립됩니다."

"하지만 그래도 군형법이……."

아무리 증거를 밀어도, 아무리 올바른 소리를 해도, 군사 재판소는 철저하게 덮을 것이다.

"그래서 제가 이 사건을 고른 겁니다. 아무리 병사라고 하지만 부대원 중에서 사망자가 나왔습니다."

노형진은 차분하게 말했다.

"그리고 이런 경우, 그 책임은 보통 부하가 독박을 쓰지요."

장교의 책임 중 가장 중요한 것이 바로 병력의 유지다.

휘하에 사망자가 발생하면 직속상관의 경우는 군 생활이 끝난다고 봐야 한다.

"제가 봐서는 이런 경우 소대장이나 중대장은 아마 예편했을 겁니다."

모든 책임을 지고 말이다.

"아하!"

"그리고 업무상 과실치사에 대한 공소시효는 아직 남아 있지요."

아니, 남아 있는 정도가 아니다. 끝나려면 아직 멀었다.

"그리고 제 예상대로 이미 예편했다면?"

"형사!"

형사사건이다, 그것도 군사재판소가 아니라 민간 재판소에서 하는.

"과연 졸지에 살인자가 된 장교가 무슨 말을 지껄일까요? 후후후."

⚖️

노형진이 피해자의 부모님을 설득하는 것은 어렵지 않았다.

그렇잖아도 아들이 군대에서 병사해서 가슴이 미어지는 부모님이었다.

하지만 병사라는 이유로 제대로 대응할 방법도 없었기에 그저 자식을 가슴에 묻어야 했다.

하지만 노형진에게 횡문근 융해증이라는 병의 진실을 들은 후 유가족들은 기꺼이 사건을 위임했다.

당연하게도 노형진은 그 당시 부대 지휘관을 업무상 과실치사로 고소했다.

"아니, 내가 언제 사람을 죽였다는 거예요!"

그 당시 지휘관이었던 박석대는 미치고 팔짝 뛸 것 같은 기분이었다.

"오조선 씨 아시죠?"

"제가 군대에 있을 때의 부하입니다."

"그분이 횡문근 융해증으로 돌아가신 거 아시죠?"

"그, 그건 잘 모르고요."

박석대에게 있어서 오조선은 그냥 지나가는 수많은 부하들 중 하나였다.

죽었다는 건 기억하지만, 그가 죽은 정확한 이유는 알지 못했다.

"병으로 죽은 건 압니다. 그런데 그게 왜 제 잘못이라는 겁니까? 아니, 병으로 죽은 것까지 책임을 물으면 누가 감옥에 안 갑니까?"

형사는 한숨을 쉬었다.

"횡문근 융해증은 과도한 운동과 가혹 행위 그리고 폭행으로 인해 발생합니다."

"그런데요?"

"그 당시에 당신이 하루에 열두 시간 이상씩 운동을 시켰다는 증언이 있습니다."

"아니, 그게 무슨 말입니까?"

"이미 증인들이 나왔어요. 발뺌하지 마세요."

그 당시의 병사들에게 관련 증거를 얻는 것은 어려운 일이 아니었다.

"아침 8시에 기상해서 하루 종일 훈련시키고, 법적으로 보장된 휴식 시간인 오후 6시를 넘어서도 강제로 운동시켰다면서요? 훈련 시간 빼고도 하루 평균 운동 시간이 일고여덟 시간이었다는데, 할 말 있습니까?"

"그건……."

박석대는 말문이 막혔다. 그건 사실이니까.

"아니, 그러니까 그 오조선이 군인으로서는 체력이 약하고…… 특급 전사도 못 따고……."

횡설수설하면서 변명을 하는 박석대.

그러자 형사는 기가 막히다는 표정이 되었다.

"이봐요, 당신. 내가 군 미필로 보입니까?"

"네?"

"특급 전사가 무슨 개나 소나 다 되는 줄 아나? 개나 소나 다 특급 전사가 되면 그게 무슨 특급 전사야? 일반 전사지!"

"그건……."

"그리고 내가 모를 줄 알아요? 당신이 특급 전사를 만들 목적으로 가혹하게 굴린 거 맞잖아요. 고소장에 이미 적혀 있어요."

박석대는 부정할 수가 없었다. 그 말이 사실이니까.

"아니, 그건 말입니다, 일단 군 생활을 하는 데 있어서 특급 전사가 되면 여러모로 편하고……."

"그러니까 그건 당신 사정이고, 당신이 과도하게 굴려서 오조선 씨한테 횡문근 융해증이 온 건 맞잖아!"

"그건 모를 일이지요."

"발뺌하는 거야?"

코웃음을 치면서 박석대에 서류를 미는 형사.

"이거 안 보여? 그 당시 병원의 부검 소견서야. 횡문근 융해증으로 인한 급성 신부전."

"그건 그런데……."

"그리고 이 옆은 고소인 측이 제출한 의사의 서류이고. 횡문근 융해증은 과도한 운동과 폭력 그리고 가혹 행위가 있을 때 발생한다."

박석대는 말문이 턱 막혔다. 그가 승진하기 위해 부하들을 가혹하게 굴린 것은 사실이니까.

"그리고 이건 당신 부하였던 사람들의 진술서야."

"진술서요?"

"그래. 특급 전사를 강요하면서, 특급 전사가 아니면 휴가고 외출이고 외박이고 다 잘랐다면서?"

"아니, 그건 명령이었고요."

"그건 당신 문제고. 이거 명백하게 가혹 행위야. 그리고 말이야, 다른 증인도 있어. 황달 증세가 와서 오조선의 분대장이 오조선을 병원으로 보내 달라고 했는데 정신력 운운하면서 안 보냈다면서?"

"그건……."

그게 그가 강제로 예편하게 된 가장 큰 이유였다.

병이 났으니 병원에 보냈어야 했다.

그러나 종갑석은 환자가 있다는 것 자체만으로도 불이익을 주는 사람이었기 때문에 그는 오조선을 환자로 인정할 수가 없었다.

"그로 인해 급성 신부전으로 쓰러졌고, 이송 후 두 시간 만에 사망."

"……."

"더 할 말 있어?"

"아니, 그건 제가 죽인 게 아니라니까요. 그건 지휘권을……."

"그래. 그러니까 업무상 과실치사 아냐, 살인이 아니라."

박석대는 할 말이 없었다.

"하여간 요즘 군인 새끼들이 무식해 가지고는, 도태된 새끼들이 중대장입네 하고 자기보다 똑똑한 애들 지휘하고 있으니 군대 꼴이 이렇지. 할 줄 아는 말이라고는 '중대장은 너희들에게 실망했다.'라는 헛소리밖에 없으면서 말이야."

"아니, 그건 좀 너무한 말인 것 같은데……."

"너무? 너어무? 당신, 사람을 죽였어. 그게 무슨 뜻인지 몰라?"

"……."

"그리고 당신 아래서 병신 된 사람 여럿이더라?"

"네?"

"그쪽에서도 고발이 들어왔어. 업무상 과실치상."

"치…… 치상!"

훈련 중에 다치면 당연히 치료를 해 줘야 한다.

하지만 그것도 제대로 하지 않았고, 실제로도 죽지는 않았지만 횡문근 용해증으로 인해 신장이 망가진 사람들은 여럿 있었다.

관절이 나가거나 디스크가 생긴 사람들은 셀 수도 없는 상황이었고.

"부하들 갈아 넣어 승진하니까 아주 좋아 죽었지?"

형사도 도저히 박석대를 좋게 볼 수가 없었다.

그 또한 일반 병사로 군을 다녀온 사람이다.

그러니 일부 장교들이 부하를 무슨 노예 취급한다는 것쯤은 잘 알고 있었고, 그도 그런 피해자 중 한 명이었다.

"아니, 이건 억울합니다! 진짜 억울하다고요!"

"일단 그건 당신 문제고, 변호사나 선임하셔. 최소 3년은 햇빛 못 볼 테니까. 알았어?"

"네에?"

박석대는 눈을 휑뎅그렁하게 뜨면서 손을 부들부들 떨어 댔다.

그런 박석대를 보고 형사는 피식 웃었다.

"걱정하지 마셔. 교도소도 어떻게 보면 군대랑 비슷해. 그러니까 금방 익숙해질 거야. 아. 그러고 보니 당신은 장교였지? 편하게 군 생활 했으니 익숙해지지 않을지도 모르겠네."

명백하게 비꼬는 말이었지만 박석대는 대꾸도 못 할 만큼 충격을 받아서 입만 쩍 벌리고 있었다.

"예상대로네."

고소를 당한, 예편한 장교들.

그들은 너도나도 명령이라는 말로 책임을 면하려고 했다.

"당연한 거지요."

전쟁이 끝나고 나서 필연적으로 벌어지는 재판이 바로 전범 재판이다.

그리고 전범 재판에서 하급 장교들은 대부분 명령이라는 말로 자신의 책임을 면하려고 한다.

"지금도 마찬가지입니다."

노형진은 장진수에게 말하면서 서류를 건넸다.

"하물며 계속 군에 있는 것도 아니고 이미 해직당했습니다. 그들이 종갑석에게 충성을 바칠 이유는 없지요."

당연하게도 그들은 자신에게 명령을 했던 종갑석에게 그 책임을 묻기 시작했다.

"박석대는 시작입니다. 종갑석 아래에서 일했던 장교들은 한두 명이 아니니까요."

"확실히 그렇지요."

장진수는 질렸다는 듯 말했다.

박석대뿐만이 아니다. 종갑석 휘하의 수많은 장교들이 죄를 뒤집어썼고, 그 몇 배나 되는 병사들이 고통을 받고 죽었으며 장애를 얻었다.

"이제 박석대를 비롯한 사람들이 명령에 따른 거라고 이야기하기 시작했으니 그쪽에서 조사가 시작될 겁니다."

"하지만 기존에도 그건 가능하지 않았습니까?"

"가능했지요. 하지만 관련자가 있고 없고, 피해자가 있고 없고는 전혀 다릅니다."

노형진 측이 국방부에 종갑석을 직접 고발했다면 사건을 덮기 쉬웠을 것이다.

왜냐하면 직접적으로 관련된 사람이 없으니까.

아니, 군사재판소에서는 찾을 생각도 하지 않았을 테니까.

"하지만 이제 그게 힘들어졌지요. 다른 사건, 그것도 살인 사건에 관련되어서 고발이 들어갔으니까요."

그러니 종갑석에 대한 조사가 이루어질 수밖에 없다.

그와 엮인 문제들을 전부 덮기에는, 외부와 연관된 사건들이 너무 많다.

"그리고 사건은 지금부터입니다."

노형진은 자신이 있다는 듯 말했다.

"그때가 바로 우리가 노예가 아니라는 것을 알려 줄 때입니다."

다음 권으로 이어집니다

버림받은 천재의 환생

애아빵 퓨전 판타지 장편소설

반쪽짜리 천재, 복수귀가 되어 돌아오다!
『버림받은 천재의 환생』

모든 이론을 섭렵했으나 마나를 느낄 수 없었던
저주받은 천재, 루이스 드 브레이오
삶의 끝에서 범제의 몸으로 눈을 뜨다!

쓸 만한 가신이 없어?
병사들의 수준이 떨어진다고?
내가 가르치면 돼!
머릿속에 넘쳐흐르는 온갖 지식을 동원해
자신을 버린 옛 가문에 복수하라!

검술이면 검술, 정령술이면 정령술!
한계를 모르는 호쾌 만발 액션 판타지!

꿈의 도약, 로크에서 하십시오
(주)로크미디어에서 신인 작가를 모십니다

즐거운 세상, 로크미디어는 꿈을 사랑하고 도전을 두려워하지 않는 작가 분들의 참신한 작품을 기다리고 있습니다. 21세기 장르 문학계를 이끌어 갈 차세대 선두 주자 (주)로크미디어에서 여러분의 나래를 활짝 펴 보시길 바랍니다.

모집 분야 판타지와 무협을 포함한 장르 문학
모집 대상 아마추어 작가, 인터넷 작가
모집 기한 수시 모집
작품 접수 시 유의 사항
    1. 파일명은 작가명_작품명.hwp형식을 갖춰 주십시오.
    1. 파일에 들어갈 내용은 다음과 같습니다.
        — 성명(필명인 경우 실명을 밝혀 주세요), 연락처, 이메일 주소
        — 제목, 기획 의도
        — A4용지 1장 분량의 등장인물 소개
        — A4용지 2장 분량의 전체 줄거리
        — 본문
    1. 작품이 인터넷에 연재되고 있다면, 게시판명과 사이트의 구체적이고 정확한 주소를 기재해 주십시오.

선택된 작품은 정식 계약 후 출판물로 간행되어 전국 서점에 유통됩니다.
작가 분은 (주)로크미디어의 전폭적인 지원하에 전속 작가로 활동하시게 됩니다.
※ 자세한 내용은 로크미디어 홈페이지(rokmedia.com)를 참조하세요.

(03920)서울시 마포구 성암로 330 DMC첨단산업센터 3층 318호
(주)로크미디어 편집부 신간 기획 담당자 앞
전화 : 02) 3273 - 5135
www.rokmedia.com   이메일 : rokmedia@empas.com

비정규직 매니저

자카예프 현대 판타지 장편소설

노가다로 게임 지존

스노우베어 게임 판타지 장편소설

누군가에겐 지옥 같은 난이도
나에겐 인생 역전의 기회!

게임 작업장에서 대개잡이까지
빚 때문에 노예 같은 삶을 살던 민혁
트럭에 치여 죽은 줄만 알았는데
눈을 떠 보니 20년 전……?

이번에는 다른 삶을 살겠다!
그토록 바라던 억만장자 드림 라이프를 위해
돈 되는, 통칭 갓 겜 '루나틱'에 뛰어드는데……

"아니, 이게 어렵다고?"

한 달 내내 망치만 두드려도 질리지 않는 노가다 적성!
다년간 몸에 밴 작업장 경험!
거기다 게임의 20년 치 패치 정보까지!

회귀에, 정보에, 끝없는 노력까지?
이 게임, 노가다로 끝을 보겠다!

ROK MEDIA